Charles Simmons

Salzwasser

«Im Sommer 1963 verliebte ich mich, und mein Vater ertrank.» So beginnt die Erzählung über einen Sommer, an dessen Ende nichts mehr so ist wie zuvor: Wie jedes Jahr verbringt der fünfzehnjährige Michael die Ferien mit seinen Eltern am Atlantik. Doch diesmal gibt es eine Veränderung, denn in dem benachbarten Gästehaus zieht die verführerische Mrs. Mertz mit ihrer zwanzigjährigen Tochter Zina ein. Die Andersartigkeit und Offenheit, die die beiden Frauen umgeben, faszinieren nicht nur Michael. Augenblicklich verliebt er sich in die schöne Zina und ist ihren Kaprizen hoffnungslos ausgeliefert. Als er jedoch seine romantischen Gefühle ihr gegenüber auf die grausamste Art und Weise verraten sieht, bricht für ihn die unschuldige Welt seiner Kindheit zusammen, und es kommt zum tragischen Ende eines Sommers. In der Neuerzählung von Turgenjews Novelle «Erste Liebe» schildert Simmons einfühlsam und fast ein wenig wehmütig den Verlust der kindlichen Unschuld, der die Verwirrungen der ersten Liebe begleitet. Den Hintergrund dazu bilden die Farben und Stimmungen eines Sommers am Meer.

Charles Simmons (1924–2017) war Redakteur der New York Times Book Review. Mit seinem hochgelobten Roman «Salzwasser» wurde er auch in Europa berühmt. Er lebte und arbeitete in New York.

Susanne Hornfeck ist Übersetzerin und Autorin. Sie übersetzt aus dem Englischen und Chinesischen und wurde mehrfach ausgezeichnet.

Charles Simmons

Salzwasser

Roman

Aus dem Amerikanischen übersetzt
von Susanne Hornfeck

C.H.Beck

Titel der Originalausgabe:
Saltwater
© 1998 Charles Simmons
Zuerst erschienen 1998 bei Chronicle Books in San Francisco

Die deutsche Version des Gedichts auf S. 60/61 stammt aus:
Emily Dickinson: «Gedichte. Englisch und Deutsch», übertragen von
Gertrud Liepe und erschienen 1970 im Reclam Verlag, Stuttgart.
Wir danken dem Verlag für die freundliche Genehmigung zum Abdruck.
Die Übersetzung des Gedichts «Dover Beach» von Mathew Arnold
auf S. 70 besorgte Prof. Dr. Hans-Dieter Gelfert. Die Übersetzung des Sonetts
von Edna St. Vincent Millay auf S. 33 besorgte Prof. Dr. Hans-Joachim Lechler.

3. Auflage. 2025
1 und 2. Auflage im Taschenbuch 2024
Dieses Buch erschien zuerst 2002 in gebundener Form
im Verlag C.H.Beck
© Verlag C.H.Beck oHG & Co. KG, München 2002
Wilhelmstraße 9, 80801 München, info beck.de
Alle urheberrechtlichen Nutzungsrechte bleiben vorbehalten.
Der Verlag behält sich auch das Recht vor, Vervielfältigungen dieses Werks zum
Zwecke des Text and Data Mining vorzunehmen.
www.chbeck.de
Umschlaggestaltung: Konstanze Berner, München
Umschlagabbildung: © Jose Miguel Sanchez/Shutterstock
Satz: Fotosatz Amann, Memmingen
Druck: Druckerei C.H.Beck, Nördlingen
Printed in Germany
ISBN 978 3 406 81710 6

verantwortungsbewusst produziert
www.chbeck.de/nachhaltig
produktsicherheit.beck.de

Für Peggy und Pauline, meine Zwillinge

«Es ist also abgemacht», begann er, setzte sich bequemer in den Sessel und zündete sich eine Zigarre an, «daß jeder von uns die Geschichte seiner ersten Liebe erzählen muß. Sie sind an der Reihe, Sergej Nikolajewitsch.»

Iwan Turgenjew, «Erste Liebe», 1860

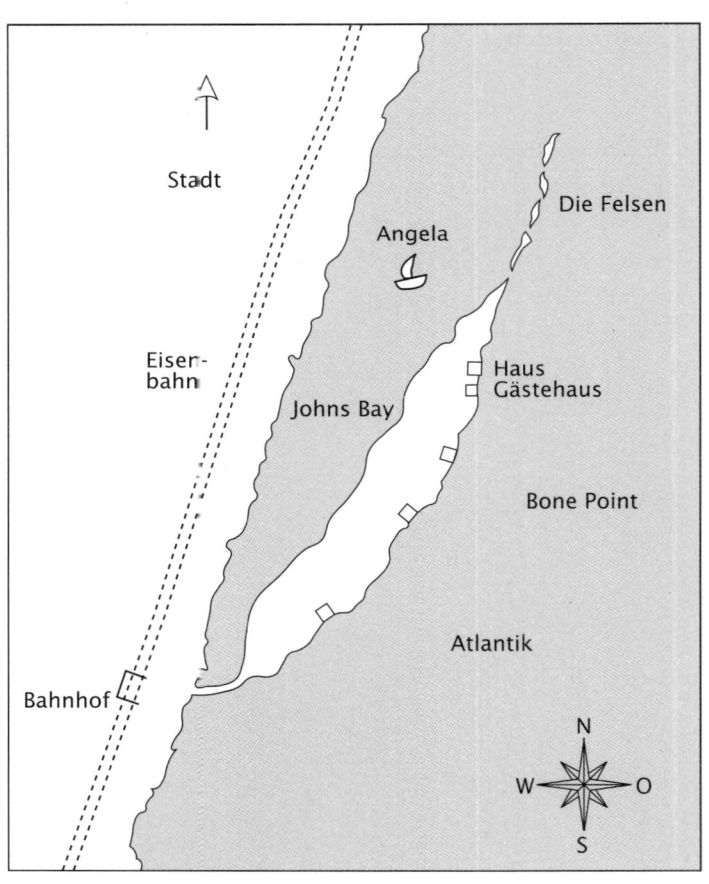

1 Die Sandbank

Im Sommer 1963 verliebte ich mich, und mein Vater ertrank.

Eine halbe Meile vor der Küste bildete sich Ende Juni im Lauf einer Woche eine Sandbank. Wir konnten sie nicht sehen, aber wir wußten, daß sie da war, denn die Wellen brachen sich dort. Jeden Tag bei Ebbe warteten wir darauf, daß sie aus dem Wasser auftauchen würde. So weit draußen hatte sich noch nie eine Sandbank gebildet, und wir fragten uns, ob sie halten würde. Wenn ja, dann wäre das Wasser im Uferbereich geschützt und ruhiger. Wir könnten unser Boot, die Angela, auf der Höhe des Hauses verankern, statt wie sonst in Johns Bay auf der anderen Seite von Bone Point. Auch das Schwimmen würde anders sein, wie in einer Bucht, und mit dem Wellenreiten wäre es vorbei.

Vater und ich angelten vor der Küste nach Kingfischen, Wittlingen, Blaubarschen und Seebarschen. Die Seebarsche kämpften am besten, und sie schmeckten am besten. Wir zogen auch jede Menge Sandhaie raus, aber sie waren klein; nutzlose Dinger, die wir ins Meer zurückwarfen. Manchmal legten wir große Haken für richtige Haie aus. Zum Auswerfen waren die zu schwer. Wir befestigten ein Stück Makrelenfleisch daran, und ich schwamm hinaus und versenkte sie. Das haben wir schon gemacht, als ich noch klein war, doch damals paddelte ich mit meinem Schwimmreifen hinaus, ließ den Haken sinken, und Vater zog mich an einem Seil wieder herein. Meine

Mutter sah das nicht gern, auch wenn wir es nur bei ruhiger See taten. Einmal erwischten wir einen hundert Pfund schweren Hammerhai, der seltsamste Fisch, den ich je gesehen habe. Sein Kopf sah aus wie ein Vorschlaghammer mit Augen. Die Leute behaupteten, er würde Menschen fressen, aber Vater sagte, das stimme nicht.

Wir fingen auch Stachelrochen. Wenn Vater einen an der Angel hatte und ich gerade im Haus war, dann rief er, und ich kam mit dem Gaff, einem Haken an langem Stiel, angerannt. Stachelrochen sind breite, flache Fische. Erwischt man sie nahe am Ufer im seichten Wasser, dann saugen sie sich am Boden fest, und man kann sie nicht einholen. Man muß mit Gummistiefeln hinauswaten und sie durchbohren, damit das Wasser das Vakuum löst. Wir fingen welche mit einer Spannweite von anderthalb Metern. Sie haben stachelbesetzte Schwänze, mit denen sie um sich schlagen und einen verletzen können. Deshalb muß man auf den Schwanz treten und ihn abschneiden, bevor man den Fisch durchbohrt. In manchen Gegenden ißt man diese Rochen; wir taten es nicht.

Ich bin nie mit dem Gaff hinausgegangen. Vater erlaubte es mir nicht. Er machte das, während ich die Angel hielt. Einmal hatte Vater schon den Schwanz abgeschnitten und den Körper des Fisches durchstoßen, da machte sich der Rochen samt Gaff davon und zerrte mich mit sich. Die Spule war blockiert. Ich ließ die Angelrute nicht los und wurde hinausgezogen bis dorthin, wo Vater stand. Er nahm mir die Angel aus der Hand, und als wir den Rochen endlich reingeholt hatten, war er schon fast tot. Wir schnitten ihn von der Schnur, und er trieb davon.

«Wenn ich nun nicht dagewesen wäre», sagte Vater, «wie lange hättest du noch festgehalten? Für immer?»

«Ja», sagte ich, und er drückte mir die Schultern. In jenem Sommer war ich sieben.

Bone Point war ein besonderer Ort. Im Ersten Weltkrieg wurde er von der Regierung für militärische Zwecke genutzt und im Zweiten Weltkrieg wieder. Danach wurde er zum Naturschutzgebiet erklärt. 1946 gab es nur ein paar Häuser dort. Wenn man eines davon besaß, dann konnte man es, so lautete die Vereinbarung mit der Regierung, die nächsten 45 Jahre behalten, bis 1991. Neue Häuser durften nicht gebaut werden. Vater und Mutter übernahmen unser Haus 1948, im selben Jahr, in dem ich geboren wurde und Mutters Vater starb. Er hatte das Haus in den frühen dreißiger Jahren gebaut, und auch meine Mutter hatte dort immer ihre Sommerferien verbracht.

Sie war ein Einzelkind wie ich. Sie behauptete, das Haus sei damals zu groß gewesen, und ihrer Meinung nach war es auch für uns zu groß. Mutter hatte immer etwas zu klagen. Das Haus war nicht zu groß. Ich mochte den vielen Platz und das viele Licht. Das Erdgeschoß bestand ganz aus Fenstern und Glastüren und hatte an allen vier Seiten eine Veranda. Auch ihr Vater habe das Licht gemocht, erzählte Mutter. Sie sagte oft, daß ich sie an ihn erinnerte. Das gefiel mir, denn sie hatte ihren Vater sehr gern gehabt. Aber eigentlich meinte ich, mehr meinem Vater zu gleichen. Er sagte oder dachte kaum etwas, mit dem ich nicht einverstanden war.

Die Möbel stammten noch aus Großvaters Zeit, alles war riesig. Da gab es zum Beispiel das Rattansofa im Wohnzimmer, auf dem Vater an einem Ende liegen und lesen konnte, während ich am anderen lag, und unsere Beine trafen sich bloß von den Knien abwärts. In meinem Schlafzimmer war trotz meines großen Doppelbetts noch jede Menge Platz. Mein Hund Blackheart pflegte bei mir zu schlafen, und wir kamen uns nie in die Quere. Jedes Jahr im September, wenn wir zurück in die Stadt zogen, mußten wir uns wieder umgewöhnen, denn dort war mein Bett normal groß.

Obwohl wir nach einer Woche immer noch nichts von der Sandbank sahen, wurde ihr Vorhandensein mit jedem Tag deutlicher. Die Wellen brachen sich dort.

«Hast du Lust rauszuschwimmen?» fragte Vater.

Es war, als hätte er meine Gedanken gelesen.

«Wir haben Ebbe», sagte er. «Wir können auf der Sandbank ausruhen. Auf dem Rückweg wird die hereinkommende Flut uns mitnehmen. Was meinst du?»

Wir waren beide gute Schwimmer. Vater kraulte, ich bevorzugte Rückenschwimmen. Das ist zwar langsamer, aber ich schaute gern in den Himmel, wenn ich schwamm. Gibt es etwas Schöneres, als mit dem Körper im Wasser und mit dem Geist im Himmel zu sein? Wenn wir gemeinsam schwammen, war Vater mir meist voraus, dann wendete er, tauchte, blieb unter Wasser, kam wieder hoch und tollte herum, bis ich aufgeholt hatte. Er war eine richtige Wasserratte.

Diesmal sollte er das besser lassen, fand ich. Wir hatten eine Strecke von einer halben Meile ins offene Meer vor uns, und er verschwendete bloß seine Energie. Als wir etwa zweihundert Meter geschwommen waren, wußte ich, daß wir uns verschätzt hatten. Wir waren zu schnell gewesen. Die Ebbe hatte ihren Tiefststand noch nicht erreicht, wie Vater vermutet hatte. Die Strömung ging noch hinaus und zog uns auf die Sandbank zu. Jeden Tag verschoben sich die Gezeiten um eine Stunde. Heute waren wir um zwölf Uhr losgeschwommen, und ich erinnerte mich, daß gestern um diese Zeit Ebbe gewesen war. Also würde der Tiefststand heute erst eine Stunde später erreicht sein. Das sagte ich Vater.

«Ist schon in Ordnung. Wir können ja auf der Sandbank warten, bevor wir zurückschwimmen.»

Er schien nicht beunruhigt, aber er tollte auch nicht weiter herum.

Als wir die Sandbank erreichten, war das Wasser dort tiefer, als wir gedacht hatten. Vater konnte mit dem Mund über Wasser stehen, ich aber nicht. Er versuchte, mich bei der Hand zu nehmen, damit die Strömung mich nicht weiter ins Meer zog, doch er verlor den Halt. Ich mußte schwimmen, um auf gleicher Höhe mit ihm zu bleiben.

«Wir können uns nicht ausruhen», sagte er. «Wir müssen zurück. Du darfst nicht in Panik geraten, verstehst du?»

«Schon gut.»

«Soll ich dir helfen?»

«Wenn du mir helfen mußt, kriege ich garantiert die Panik.»

Es war nicht leicht. Was uns vorantrieb, war der Gedanke, daß die Strömung nachlassen würde. Die Frage war bloß, wer zuerst ermüdete – die Ebbe oder wir.

Am Strand standen Leute und beobachteten uns. Als wir näherkamen und ich wußte, daß wir es schaffen würden, drehte ich mich auf den Bauch und winkte meiner Mutter. Ich schluckte Wasser. Blackheart war auch da, und die beiden, die das Gästehaus gemietet hatten, mit ihrem Hund. Wir brauchten fünfundzwanzig Minuten für den Rückweg; der Hinweg hatte nur zehn Minuten gedauert.

Vater und ich lagen lange Zeit erschöpft am Strand. Die beiden Hunde beschnüffelten uns, um zu sehen, ob wir noch lebten. Mutter hielt meine Hand. Sie hatte eine Stinkwut auf Vater. Die beiden Mieter, die gerade erst eingezogen waren, blieben bei uns. Mrs. Mertz war in Mutters Alter. Ihre Tochter Zina war, selbst kopfunter betrachtet, schön. Augen und

Haare waren braun, die Haut hatte einen helleren Braunton, und ihre Lippen waren purpurrot. Sie sahen aus wie geschnitzt. Ständig umarmte und streichelte sie ihren Hund, so als sei er in Gefahr gewesen und nicht wir. Dann berührte sie meine Wange, nur so aus Neugierde, wie mir schien. Ich verliebte mich kopfunter in Zina.

Am selben Abend nach dem Essen winkte mir Vater, mit nach draußen zu kommen. Wir gingen am Wasser entlang und redeten kaum. Ich dachte, er wollte nach dem Meer sehen oder Mutter aus dem Weg gehen, die nicht mit ihm sprach. Der Tag war freundlich und klar gewesen. Jetzt war die Luft schwer und feucht, und es blies ein kalter Wind herein, der die See kabbelig machte.

«Da draußen habe ich einen Moment lang gedacht, du würdest mich allein lassen», sagte ich.

«Das würde ich nie tun. Wie kommst du darauf?»

«Nur so.»

«Hättest du mich denn allein gelassen?» fragte Vater.

«Nein, Sir.»

«Dann ist's ja gut», sagte er und legte seinen Arm um meine Schultern. Immer wenn er das tat, fühlte ich mich von ihm geliebt.

Wir gingen zum Haus zurück. Mutter machte gerade ein Feuer im Kamin.

«Na, zieht es die Täter an den Tatort zurück?» sagte sie. Sie hatte sich wieder beruhigt. Vor dem Schlafengehen spielten wir Monopoly. Der Wind drehte, und während der Nacht kam ein kräftiger Nordost auf. Er dauerte drei Tage. Danach war die Sandbank verschwunden.

2 Lektion in Photographie

Am ersten Tag nach einem Nordost ist es sonnig und kühl. Man kann sich nicht in den Sand legen, weil er noch feucht ist. Schwimmen gehen sollte nur, wer sich gut auskennt. Vater sagte immer, nach einem Sturm sei die See launisch. Die Wellen sind stark und voller Sand. Der Sand ist überall, und es braucht Tage, bis er sich gesetzt hat. Viel davon wird vom Strand fortgespült, weshalb das Wasser dort sofort tief abfällt. Strömungen können einem die Füße wegziehen, und die sandigen Wellen werfen einen um. In Ufernähe ist das Wasser unangenehm, weiter draußen ist es gefährlich. Die Strömungen laufen in alle Richtungen, und es bilden sich Strudel, die einen in die Tiefe ziehen.

Ich saß in der Morgensonne auf der Veranda und dachte an die Mieter. Vater war in sein Büro in der Stadt gefahren. Vielleicht sollte ich sie vor dem Meer warnen. Vater würde das bestimmt tun, wenn er hier wäre. Aber ich blieb sitzen. Ich verstand selbst nicht, warum ich nicht aufstand, zum Gästehaus hinüberging und es einfach tat. Da lag es zwischen den Dünen, kaum mehr als dreißig Meter entfernt. Sie mußten schon auf sein – es war zehn Uhr. Wahrscheinlich wegen Zina. Ich hatte Scheu, sie richtigherum anzuschauen.

Mieter waren neu für uns. Letzten Sommer hatten wir zum ersten Mal vermietet, an die Yemms. Vater kannte Mr. Yemm geschäftlich. Er sagte mir, er würde das Gästehaus vermieten, damit Mutter Unterhaltung hätte, wenn er in die Stadt müsse. Allerdings bot Mrs. Yemm viel zu viel Unterhaltung. Ständig tauchte sie auf. Auch hängte sie sich immer an Vater, was er, glaube ich, nicht schätzte und was meine Mutter, dessen war ich mir sicher, haßte.

Die Yemms hatten zwei Kinder; Bobby war ein Jahr älter als ich und Delphine ein Jahr jünger. Bobby hat mir Schach beigebracht. Um die Mitte des Sommers schlug ich ihn in jedem zweiten Spiel, und gegen Ende in jedem. Eine Weile hielt er sich wacker, aber irgendwann stieß er das Brett um. Das war unsere letzte Partie. Im Winter nahm ich Delphine zum Abschlußkonzert des Colleges mit. Sie erzählte mir, ihre Mutter sei scharf auf Vater, und fragte mich, wie er ihre Mutter fände. Ich sagte, ich hätte keine Ahnung. «Ich glaube nicht, daß etwas gewesen ist», sagte Delphine. Damals im Konzert nahmen wir beide an, daß sie im Sommer wieder ins Gästehaus kommen würde, aber als es so weit war, ließ mein Vater die Yemms wissen, daß sich Verwandte angesagt hätten. Dann vermietete er an Mrs. Mertz und Zina. Als er mir erzählte, daß sie kommen würden, erkundigte ich mich, ob die Tochter hübsch sei. «Du wirst angenehm überrascht sein», sagte er mit seinem breiten Lächeln.

Ich saß immer noch auf der Veranda, als Zina und ihr Hund auf dem Kamm der Düne erschienen. Sie trug einen hellen Frotteebademantel und sah sehr schön aus mit ihrem kurzen, vollen, glänzend braunen Haar – die Art, von der Vater immer sagte, da stecke jede Menge Butter und Eier drin –, mit den großen braunen Augen, die selbst beim Lächeln ernst blieben, den hohen Backenknochen und makellos weißen Zähnen. Auch hatte sie diesen Blick, der einem sagte, daß man etwas besonderes sei, wenn sie einen mochte.

«Gehst du ins Wasser?» fragte ich.

«Willst du?»

«Man muß vorsichtig sein und ein wirklich guter Schwimmer. Ich wollte gerade rüberkommen und euch warnen.»

«Hast du dich wieder erholt? Ich hatte schon überlegt, ob ich rausschwimmen und dich retten soll.»

«Dazu müßtest du eine verdammt gute Schwimmerin sein.»

«Hast du Angst gehabt?»

«Als ich sah, daß wir es schaffen würden, nicht mehr.»

«Hat dein Vater Angst gehabt?»

«Vater hat niemals Angst. Höchstens um mich. Warum hast du meine Wange berührt?»

«Du sahst so jung aus. Ich dachte, wie traurig es gewesen wäre, wenn du ertrunken wärst. Wie heißt du?»

«Michael, nach meinem Großvater. Er starb, als ich geboren wurde.»

«Und wie heißt dein Vater?»

«Peter.»

«Dann bist du Michael Petrowitsch.» Sie legte den Finger unter mein Kinn und drehte mich ins Profil. «Aber ich werde dich Mischa nennen. Ich heiße Zinaida Alexandrowna, weil mein Vater Alexander heißt. Aber du kannst mich Zina nennen. Ich bin nicht so förmlich. Und das hier ist Sonya.» Der Setter blickte zu ihr auf. «Sie hat keinen anderen Namen, weil wir nicht wissen, wer ihr Vater war. Trotzdem ist sie eine Dame. Wie alt bist du?»

«Sechzehn.» Ich war fünfzehn.

«Ich bin erwachsen, und du bist minderjährig. Aber für dein Alter bist du ganz schön vernünftig. Ich werde dich entsprechend behandeln.»

«Wie erwachsen bist du denn?»

«Ich bin einundzwanzig», antwortete sie.

Später erfuhr ich, daß sie zwanzig war.

«Also, wollen wir's wagen?»

«Wagen wir's!» Ich hieb mit der Faust in den Himmel.

Sonya stand auf den Hinterbeinen und tapste mit den Pfoten in die Luft. Bellend tauchte Blackheart aus dem Nichts auf. Zina streckte die Arme nach hinten, daß der Wind den Bademantel wegblies, und wir vier rannten ins Wasser. Als wir die harten kleinen Wellen hinter uns hatten, warf sie sich hin und her, tauchte und schoß wieder an die Oberfläche. Sie war genauso eine Wasserratte wie Vater. Das Wasser perlte an ihr ab, als sei sie mit Wachs überzogen.

Die Hunde attackierten die Wellen. Blackheart sprang sie an, biß sie in den Kamm, wurde umgeworfen, richtete sich wieder auf und ging von neuem auf sie los. Sonya wollte uns nachkommen und versuchte, über das Wasser zu springen, doch die kurzen Wellen brachen eine nach der anderen und warfen sie um. Beide hielten durch, bis wir wieder an Land kamen. Ihr Fell war so voller Sand, daß selbst Schütteln nichts half. Auch ich schüttelte mich, aber wegen der Kälte. Zina nahm mich bei der Hand und rannte den Strand hinauf. Vor dem Gästehaus legte sie mir den Bademantel um, rubbelte mich ab und nahm mich in die Arme. Dann küßte sie, die Hände auf meinen Schultern, meine Nasenspitze. Wir waren genau gleich groß.

«Geh hinters Haus!» sagte sie. «Da ist es windstill. Ich werde dir Medizin bringen.»

«Was für Medizin?»

«Wirst schon sehen.»

Blackheart trottete nach Hause.

«Ruf deinen Hund zurück! Und dann ab mit euch hinters Haus!»

Das Gästehaus war eine Holzkonstruktion, die Großvater Michael als Kombination aus Atelier und Gästehaus errichtet hatte. Der Grundriß maß etwa dreizehn Meter im Quadrat, Dach und Seiten waren mit Zedernholzschindeln verkleidet, es gab zwei Dachluken, perfekt plazierte Fenster und inzwischen eine Terrasse mit Duschkabine auf der Rückseite. Ich weiß noch, wie ich mir vorstellte, daß ich später einmal meine zukünftige Frau hierherbringen würde, bis wir uns ein eigenes Heim würden leisten können.

Zina kam mit einem Wasserglas auf die Terrasse, das zu einem Viertel mit klarer Flüssigkeit gefüllt war.

«Trink es in einem Zug!»

Wie nicht anders zu erwarten, brannte es.

«Das ist Wodka», sagte sie, «*Wodka* bedeutet *kleines Wasser*. *Mischa* bedeutet *kleiner Michael*.»

Sie nahm Blackheart hoch, klemmte ihn unter den Arm und nahm ihn mit unter die Dusche, um den Sand abzuwaschen. Er mochte das nicht, ließ es aber kampflos geschehen. Sonya saß daneben und wartete, bis sie an die Reihe kam. Sobald Blackheart fertig war, machte er sich davon. Bei Sonya genügte ein Fingerzeig von Zina. Sie ging unter die Dusche und ließ sich von ihr den Sand mit den Fingern aus dem Fell kämmen. Dann schickte Zina den Hund weg und stieg selbst unter die Dusche, wobei sie die Tür halb offen ließ.

«Kalt, oh, so kalt!» schrie sie. «Mischa, das ist nichts für dich. Meinen Bademantel! Meinen Bademantel!»

Ich zog ihn schnell aus und hielt ihn an die Tür der Dusche. Sie kam rückwärts heraus und schlüpfte so schnell in den Mantel, daß ich nicht wußte, ob sie ihren Badeanzug anhatte oder nicht, bis ich ihn am Boden der Duschkabine liegen sah.

Zu meiner Überraschung – es muß der Wodka gewesen sein – rubbelte ich sie und nahm sie in die Arme, wie sie es mit mir gemacht hatte. Ich war überrascht, denn eigentlich bin ich schüchtern. Ich erwähne das nur, weil sie mit spöttischem Blick zu mir sagte: «Du bist ja nicht gerade schüchtern. Jetzt wirst du mir bei der Arbeit helfen.»

Ihre Kamera lag auf dem Campingtisch unter einem Sonnenhut. Sie erklärte, daß sie Studien vom Dünengras hinter dem Gästehaus mache. Ich könne ihr behilflich sein, indem ich wegbliebe, vor allem von dem Sand um die Grasbüschel. Sie wolle das Gras, sagte sie, so wie Gott es geschaffen habe.

«Das hat nicht Gott geschaffen, das haben Vater und ich gepflanzt, um den Sand zu befestigen.»

«Egal, jedenfalls dürfen keine Fußstapfen drauf sein.»

Sie machte Photos aus allen möglichen Blickwinkeln. Aus der Vertikalen, der Horizontalen, und ihr Objekt schräg umkreisend. Dabei bewegte sie sich schnell und selbstsicher.

«Das ist eine Übungsaufgabe», sagte sie.

Ich sah ihr vom Geländer der Terrasse aus zu. Während sie sich bückte, kniete, auf der Seite oder auf dem Bauch lag, studierte ich sie, wie sie das Dünengras studierte. Immer wieder hielt sie ihren Bademantel zusammen, stopfte ihn zwischen die Beine, zerrte den Gürtel fest und streifte die Ärmel zurück. Dabei bewegte sie sich so anmutig und maßvoll, als tanze sie.

«Es sind Kompositionsübungen», sagte sie. «Wenn du ein Bild von Gras machen kannst, dann kannst du auch alles andere photographieren.»

«Verkaufst du deine Bilder?»

«Manchmal.»

«Wirst du diese hier verkaufen?»

«Wenn sie mir gefallen und wenn sie jemand anderem gefallen. Laß mich mal diesen Fuß sehen!»

Sie nahm meinen Fuß in die Hand, als wäre er eine Hundepfote. «Du hast gute Füße. Ich zeige dir, wie du deinen Fuß setzen sollst. Da drüben neben dem Gras. Das ist hübsch, der unschuldige Fuß, von keinem Schuh verfälscht.»

Sie stellte mich neben ein Grasbüschel und machte Photos aus verschiedenen Blickwinkeln. Als der Film voll war, legte sie einen neuen ein.

«Ich werde dir Unterricht geben.» Sie reichte mir die Kamera. «Schau durch den Sucher! Sieh mich an! Sieh die Wolken an! Sieh den Sand an! Nein, du siehst ja bloß mich. Das ist ein Querformat. Verstehst du, was das bedeutet? Quer, wie im Kino. Stell dir vor, du siehst einen Film. Hör auf, mich anzusehen! Ja, so. Und jetzt dreh die Kamera! Das ist das Hochformat, für Portraits. Kannst du mir folgen?»

Ich nickte, während ich sie durch den Sucher ansah.

«Leg die Kamera weg! Die Büschel haben fünf, zehn, fünfzehn Halme. Sie beschreiben den Weg von Feuerwerkskörpern am Himmel. Siehst du das? Obwohl die Halme gebogen sind, füllen sie zusammen ein Quadrat. Dein Format ist aber rechteckig. Ich möchte, daß du diese Quadratfüller im Rechteck deines Suchers anordnest. Du kannst ein einzelnes Büschel nehmen oder mehrere. Du kannst nur einige Halme eines Büschels nehmen oder alle. Du kannst ein Büschel und seinen Schatten nehmen oder den Schatten allein. Sag was, damit ich weiß, daß du es kapiert hast.»

Ich hörte ihr zu, aber gleichzeitig sah ich sie so konzentriert an, daß ich nichts zu sagen hatte.

«Ich verstehe dich.»

Einen Moment lang sah sie mich prüfend an. «Gut. Du mußt schnell arbeiten, ohne nachzudenken. Du darfst nicht denken dabei. Das ist das Schlimmste. Das Auge denkt nicht, es schaut. Aber du kannst auch nicht einfach klick, klick, klick machen. Die Kamera muß mit etwas in deinem Inneren verbunden sein, so wie das Auge. Also, die Entfernung ist von hier bis hier eingestellt.» Sie hielt die Hände etwa einen halben Meter voneinander entfernt. «So weit muß die Kamera vom Gras weg sein. Und so kannst du den Film aufziehen. Hier ist der Auslöser. Halt die Kamera ganz ruhig. Du machst ruhige Bilder.» Sie gab mir die Kamera. «Und jetzt laß die Kamera schauen!»

Ich wandte mich um und machte Photos von ihr, von oben bis unten, von allen Seiten, Nord, West, Süd, Ost, jedes Bild ein Stück von ihr. Sie bewegte sich nicht, nur gegen Ende des Films streckte sie in der klassischen Pose der Badenixe ein abgewinkeltes Bein aus dem Bademantel.

Ich gab ihr die Kamera zurück.

«Mischa, du hast mich nicht photographiert, du hast mich liebkost. Geh jetzt nach Hause! Morgen zeige ich dir die Abzüge.»

Sie lächelte. Sie mochte mich.

3 Die Mertzens

Am Nachmittag kam Vater aus der Stadt zurück, und am Morgen darauf gingen wir zur Bucht hinüber – Bone Point ist etwa eine Meile breit –, um zu sehen, wie die Angela den Sturm überstanden hatte. Sie ist ein sieben Meter langer Segler mit einem einssiebziger Kiel, Großsegel und Fock und einer winzigen Kajüte, in der zwei Personen gebückt Platz finden oder liegen können, sofern sie, wie Vater sich ausdrückte, einander zugetan sind. Sie lag tief im Wasser. Die Plane hatte sich gelöst und Regen eingelassen. Wir schöpften sie aus und lüfteten die Segel, während wir um den Point herum ins offene Meer steuerten.

Das Wasser glich einem grünen Becken mit bewegter Oberfläche. Der Wind war kühl, der Himmel blaßblau, nur ein paar Wolkenbäusche flogen dahin. Von der Sandbank keine Spur. An der Stelle, wo wir sie vermuteten, ließen wir den Anker bis auf dreieinhalb Meter hinunter.

«Zwei Faden tief», sagte Vater. «Wer ist denn das?» Er deutete Richtung Strand.

Zina und Sonya kamen zu uns herausgeschwommen.

«Zina Mertz.»

«Woran siehst du das?»

«An ihrem Hund.»

«Wir sollten ihnen entgegenfahren», sagte Vater. «Der Hund dreht schon um.»

«Zina ist eine sehr gute Schwimmerin.»
«Woher weißt du das?»
«Bin gestern mit ihr geschwommen. Sie ist sehr nett.»
Das amüsierte Vater, und er bedachte mich mit seinem breiten Lächeln. Das war das Äußerste an Spott, das er mich je spüren ließ.

Sie brauchte ewig, um uns zu erreichen. Im grünen Wasser mit den Lichtreflexen, die auf ihrem Gesicht spielten, war sie noch schöner. Vater streckte die Hand aus, um ihr zu helfen, aber sie zog sich selbst an Bord.

Er fragte, wie es ihr im Gästehaus gefiele. Sie hoffe, antwortete sie, er habe nichts dagegen, daß sie sich eine Dunkelkammer eingerichtet hätte. Großvater Michael hätte dort selbst eine gehabt, erwiderte Vater. «Er war ein leidenschaftlicher Photograph, ohne jedes Talent. Jedes seiner Bilder ein Schuß ins Schwarze. Wir haben ganze Schachteln davon. Sie sind Profi?»

Zina bejahte und erzählte, nächsten Winter werde sie mit Kollegen zusammen eine Ausstellung in New York machen. Jetzt hätte sie sich für eine Weile zurückgezogen, um sich neu zu orientieren. «Ich möchte eine Zeitlang so wenig wie möglich sehen. Das hier ist der ideale Ort dazu.» Sie zeigte aufs Wasser. «Nichts als Wasser und Himmel.» Sie zeigte zum Strand. «Wasser, Himmel und Sand. Selbst mit Tag und Nacht multipliziert ergibt das erst sechs Dinge, die man betrachten kann. Ich reinige meinen Kopf.»

«Klingt nach französischer Fremdenlegion», sagte Vater.

Ich sah deutlich, daß er sie mochte, denn wenn er jemanden nicht mochte, lächelte er und schwieg. Es war offenkundig, daß auch sie ihn mochte. Vater sah gut aus. Er hatte helle Haut, schwarzes Haar und grüne Augen. Ich sah immer genau hin, wenn er Leuten vorgestellt wurde. Sie konnten den Blick nicht von ihm wenden. Ich war froh, daß er sie mochte. Ich haßte es, wenn zwei Leute, die ich gern hatte, nicht miteinander auskamen.

Er erzählte uns eine Geschichte von Großvater Michael, die ich noch nicht kannte. Während des Zweiten Weltkriegs mußte Mutters Familie Bone Point verlassen, weil die Armee dort Landemanöver übte. In einer mondlosen Nacht im Sommer 1943 unternahm Großvater sein eigenes Landemanöver. Er wollte nach dem Haus sehen. In einem kleinen Segelboot umrundete er den Point und kenterte in der Brandung. Der Mast traf ihn am Kopf, und er wäre wohl ertrunken, wenn ihn nicht ein Patrouillenboot entdeckt hätte. Sie holten ihn aus dem Wasser, gaben ihm etwas Trockenes zum Anziehen, und der wachhabende Offizier verhörte ihn die ganze Nacht, denn sie waren überzeugt, er sei ein deutscher Spion. Und das, obwohl Großvater in perfektem Amerikanisch Fragen über Laurel and Hardy, Cole Porter und die Boston Red Sox beantwortete. Der Offizier war bereits weniger mißtrauisch, als Großvater als letzten schlagenden Beweis noch vorbrachte, daß ein bestimmter Brenner am Herd seines Hauses nicht funktionierte. Großvater hatte völlig vergessen, daß er den Herd schon lange in den Keller geschafft hatte. Das Ergebnis war, daß der Offizier ihn unter Bewachung einer Geheimdienstbehörde in Virginia überstellen ließ, wo er, ohne Kontakt zur Außenwelt, zwei Tage lang verhört wurde. Schließlich setzte man ihn mit einer strengen Verwarnung und einer lauen Entschuldigung wieder auf freien Fuß.

Mit Vater am Großsegel und an der Pinne kreuzten wir parallel zur Küste. Zina und ich wechselten die Plätze, wenn es nötig war. Dabei kniff sie mich jedesmal in den Arm, was ich sehr aufregend fand.

«Mein Vater ist in Deutschland geboren», sagte sie. «Er ist dort aufgewachsen, aber er ist Amerikaner. Nach dem Krieg ist er mit seinen Eltern hierhergekommen. Sein Vater, mein Großvater, war ein berühmter Naturwissenschaftler. Haben Sie schon mal von Victor Mertz gehört? Es gibt auch eine Stadt in Alabama, die Mertz heißt.»

Ich wußte, was Vater jetzt sagen würde. «Michael ist in Deutschland geboren. Ende der vierziger Jahre hatte ich dort geschäftlich zu tun. Wir kamen zurück, als mein Schwiegervater starb. Ich nehme an, Michael könnte die deutsche Staatsbürgerschaft beantragen.»

«Keine Chance», sagte ich.

«Mischa ist total amerikanisch», sagte Zina.

«Warum nennen Sie ihn dann Mischa?»

«Das ist mein Lieblingsname, und er ist jetzt einer meiner Lieblinge. Und Sie, Sie sind sogar noch amerikanischer.»

«Das klingt nicht gerade wie ein Kompliment», sagte Vater.

«Wir haben keinen Einfluß auf das, was wir sind. Und bei Mischa meine ich nur, daß er einfacher zu verstehen ist als ein europäischer Junge. Stört dich das, Mischa?»

«Allenfalls das mit dem Jungen.»

«Europäische *Männer*.»

«Und woher stammt der Rest von Ihnen?» erkundigte sich Vater. «Abgesehen von der deutschen Komponente.»

«Der Rest ist russisch», sagte sie und erklärte, daß die Eltern ihrer Mutter Rußland nach der Revolution verlassen und sich der russischen Kolonie in Paris angeschlossen hätten. «Dort kam meine Mutter zur Welt. Genaugenommen ist sie eine Prinzessin.»

«Und Sie?» fragte Vater.

«Ich auch», sagte sie und ließ sich ins Wasser gleiten. Sie tauchte wieder auf und schwamm Richtung Küste.

«Ein gelungener Abgang», sagte Vater.

Wir kreuzten in diskretem Abstand, bis sie das Ufer erreicht hatte.

Nach dem Essen saß ich mit Blackheart auf der Veranda, als Zina auf der Düne erschien und uns zu sich winkte. Sie nahm uns mit auf die hintere Terrasse und zeigte mir ein Dutzend ihrer Grasphotos. Sie waren schwarzweiß und wirkten, abgesehen von dem einen mit dem Fuß, eher wie Zeichnungen. Am besten gefiel mir die Aufnahme eines einzelnen Büschels mit sieben Halmen. Die Halme, die zur Kamera hin und von ihr weg zeigten, bildeten fast vertikale Linien; die seitwärts geneigten beschrieben perfekte Bögen. Kein Halm überschnitt sich mit einem anderen. Ich sagte ihr, das sei mein Lieblingsphoto.

«Und warum?»

«Es ist das einfachste. Aber sie sind alle gut.»

«Warum?»

«Sie sind spannungsvoll und friedlich.»

«Ich liebe dich», sagte sie, zog meinen Kopf zu sich und küßte mich auf die Nase. «Hier sind deine Bilder.» Sie hatte die Kontaktabzüge in vier Gruppen auf einen Karton geklebt. Die Bilder paßten nicht genau aneinander, aber da war sie, aufgeklappt und in die Fläche gebannt, zweimal von der Seite, einmal von vorne und einmal von hinten.

«Du hast den Kubismus ein zweites Mal erfunden», sagte sie. «Ich bin schwer beeindruckt.»

Als ich nichts erwiderte, sagte sie: «Wirklich, Mischa, ich bin beeindruckt.»

«Ich wollte einfach lieber dich photographieren als das Gras.»

«Trotzdem, du bist ein kleiner Schatz – äh – großer Schatz.» Sonya kam, und Blackheart versuchte, sie zu bespringen.

«Hör auf!» schrie ich.

«Ach, laß ihn doch. Es freut eine Dame, wenn sie begehrt wird.»

Mir war das natürlich peinlich, aber besonders schämte ich mich für Blackheart, der gerade mal halb so hoch war wie der Setter. Er jaulte, winselte und hüpfte, um sie zu erreichen. Sie dagegen war so desinteressiert, daß sie sich nicht einmal umdrehte.

«Ja, ja, die schnelle Nummer», sagte Mrs. Mertz durch die Fliegengittertür.

«Mutter, komm. Das ist Mischa. Du hast die nasse Ratte schon am Strand kennengelernt. Und das ist sein Hund. Ich glaube, er hat keine Chancen. Was meinst du?»

«Die beiden sehen nicht so aus, als paßten sie zueinander», sagte Mrs. Mertz und kam mit ihrem Drink auf die Terrasse heraus. Wir setzten uns. Blackhearts Aufmerksamkeit wandte sich Mrs. Mertz zu, und er ließ den Setter in Ruhe. An der Art, wie die Hündin sich zwischen uns niederließ und ihre Pfoten unter sich faltete, sah ich, daß sie etwas auf sich hielt. Mrs. Mertz hatte rotbraunes Haar wie der Setter. Ihre Arme und Beine waren lang und elegant, und gleich dem Setter hatte sie die bloßen Füße unter den Körper gezogen. Sie forderte Zina auf, mir etwas zu trinken zu bringen. Ohne sich nach meinen Wünschen zu erkundigen, brachte mir Zina wieder einen Wodka, den sie mir kichernd überreichte. Mrs. Mertz war blasser und dünner als Zina. Während ich am Wodka nippte, subtrahierte ich Mrs. Mertz von Zina, um zu sehen, ob ich mir dann ihren Vater vorstellen konnte. Kräftig und dunkel, vermutete ich. Ich erklärte Mrs. Mertz meine Formel und fragte sie, ob ich recht hätte.

«Absolut. Du bist ganz schön clever.»

«Und was macht Mr. Mertz?» erkundigte ich mich.

«Weiß der Himmel. Ich habe seit Monaten nichts von ihm gehört. Du, Zina?»

«Ein Brief.»

«Also, was macht er?»

«Das Übliche.»

«Da hast du's, Mischa. Zinas Vater macht das Übliche.»

Ich trank den Wodka nicht aus, und nach einer Stunde verabschiedete ich mich mit meinen aufgeklebten Photos.

4 Die Party auf der Veranda

Am Sonntagmorgen segelten Vater, Mutter, Zina und ich von Johns Bay in die Stadt zur Kirche der Menschenfischer. Die Kirche hatte eine Vereinbarung mit dem Jachthafen, daß die Boote der Gemeindemitglieder während des Gottesdienstes dort festmachen durften. Mrs. Mertz hatte gesagt, daß sie lieber auf dem Point bleiben und dem Sonnengott huldigen wollte. Zina fiel auf in ihrem dünnen, geblümten Kleid und dem Hut mit der breiten, weichen Krempe. Man hatte den Eindruck, als spiele sie die Rolle der Kirchgängerin am Sonntag. Beim Einlaufen in den Jachthafen sagte sie zu mir: «Mischa, du mußt mich kneifen, wenn ich anfange zu kichern.»

Mr. Walton liebte es, sich in seinen Predigten mit dem Element Wasser auseinanderzusetzen. Diesmal lautete das Thema «Die persönliche Sintflut» und handelte von «jenen Zeiten, die jeden von uns einmal befallen, wenn nicht enden wollendes Unheil auf uns herniederregnet. Dann müssen wir uns getreulich an unsere Nächsten halten und in festem Glauben ausharren, auch über vierzig Tage und vierzig Nächte hinweg, auf daß die Flut der Bedrängnis zurückweiche.»

Mr. Walton war berühmt für seine Frau Elaine, die Schönste im ganzen Ort. Wenn der Pfarrer sie als Köder benutzen würde, sagte Vater, dann wäre er ein wahrhaft großer Menschenfischer. Außerdem meinte er, da wir ja nur bei gutem

Wetter zum Gottesdienst kommen könnten, läge unsere Anwesenheit in Gottes Hand, an böigen Sonntagen bräuchten wir also kein schlechtes Gewissen zu haben. Zina sagte – und ich glaube, sie meinte es ernst –, daß sie während des Gottesdienstes überlegt habe, wie man Gott photographieren könne.

Manchmal, so wie diesen Sonntag, segelten wir um den Point herum und ankerten auf der Höhe des Hauses. Da wir zum offenen Meer hin keine Anlegemöglichkeit hatten, zogen wir uns bis auf die Unterwäsche aus und wateten, die Kleider über dem Kopf, an Land. Es war mir immer ein bißchen peinlich, Mutter in BH und Slip zu sehen, obwohl ihre Unterwäsche mehr verbarg als ihr Bikini. Aber es machte Spaß und tat gut, sie glücklich zu sehen.

Es überraschte mich, daß Vater an diesem Sonntag vorschlug, um den Point zu segeln. Hatte er Zina vergessen? Er trug sie an Land. Dabei fiel ihr Hut ins Wasser und wurde naß, ebenso der Saum ihres Kleides. Vater sah aus wie ein Bräutigam, der seine Braut über die Türschwelle trägt. Wir mußten so lachen – Mutter am allermeisten –, daß wir uns im Wasser kaum aufrecht halten konnten.

Mutter sah die Sommer auf Bone Point mit gemischten Gefühlen. Es war einer der wichtigsten Orte ihrer Kindheit, andererseits wollte sie aber nicht hier «zurückgelassen werden», wie sie sich ausdrückte, wenn Vater geschäftlich in die Stadt mußte. Und selbst wenn er hier war, verbrachte er mehr Zeit alleine oder mit mir als mit Mutter. Das war einer der Gründe, warum sie gerne Partys gab. Normalerweise feierten wir eine im Juli – das war heute –, dann eine im August, und im September endete die Saison mit einer Party am Labor Day.

Nach dem Mittagessen segelten Vater und ich entlang der Küste über den Point hinaus bis zu einem kleinen Stranddorf auf dem Festland, wo es ein bekanntes Käsegeschäft gab. Während Vater einkaufte, hielten Blackheart und ich die Angela mit der Nase im Wind. Das Flattern und Klatschen der Segel klang fast, als wolle sie sich beklagen, und als Vater mit dem Käse zurückgewatet kam, sagte er, die Angela mache nicht gern Besorgungen, sie sei nämlich eine Dame.

«Zina sagt, ihr Hund sei eine Dame.»

«Setter sind hektisch und dumm. Eine Dame ist nicht hektisch und dumm. Eine Dame ist heiter und gelassen und weiß immer, was andere gerade denken.»

«Ist Mutter eine Dame?»

«Aber sicher.»

«Und Mrs. Mertz?»

«Bei dem Gespräch, das ich mit ihr geführt habe, ging es mir darum, ob sie seriös ist, nicht ob sie eine Dame ist.»

«Ist sie seriös?»

«Seriös genug. Bei der Party werden wir dann sehen, ob sie auch eine Dame ist.»

«Findest du sie attraktiv?»

«Ziemlich attraktiv.»

«Aber Zina ist schön.»

«Ziemlich schön», sagte Vater mit seinem breiten Lächeln.

Auf dem Rückweg fühlte ich mich sehr glücklich. Hier saß ich mit Vater und Blackheart auf der Angela. Der Himmel war von einem tiefen, wolkenlosen Blau. Wenn ich weit genug schaute, konnte ich am anderen Ende die Nacht sehen. Und außerdem würden Zina und ihre Mutter um fünf auf die Party kommen. Die Cuddihys würden vom Festland herübersegeln. Mutter war mit Mrs. Cuddihy zur Schule gegangen, und ein Besuch von ihr versetzte sie immer in gute Laune. Mr. Cuddihy war Bauunternehmer. Ich glaube, er und Vater hatten geschäftlich miteinander zu tun. Wir segelten die Angela in die Bucht und überquerten den Point zu Fuß. Die Veranda hatte eine sonnige und eine schattige Seite, eine Luv- und eine Leeseite, eine trockene und eine nasse Seite. Sie war der ideale Platz zum Lesen, Schlafen oder Feiern.

Die Cuddihys waren pünktlich. Mrs. Cuddihy und Mutter umarmten und küßten einander. Vater und Mr. Cuddihy gaben sich die Hand und mixten sich Drinks. Vater trank niemals vor einer Party, und Mr. Cuddihy unterließ es niemals. Er war ein stattlicher Mann, sein Gesicht immer etwas gerötet. Er hatte große Hände und Füße, und alle mochten ihn. Ich auch, außer wenn er Sachen sagte wie: «Michael, Michael, wann wirst du es endlich deinem Vater gleichtun? Schließlich hast du nicht alle Zeit der Welt. Komm her und sag Hallo zu Melissa.»

Die Cuddihys hielten es für ausgemacht, daß Melissa und ich miteinander gingen. In Wirklichkeit begegneten wir uns nur, wenn unsere Eltern sich trafen. Melissa war ein nettes Mädchen, sie sah nicht schlecht aus und interessierte sich wie ich für Lyrik. Was mich davon abhielt, sie öfter zu sehen, waren die fünf Zentimeter, um die sie mich überragte. An diesem Sonntag schenkte sie mir die Gedichte von Edna St. Vincent Millay.

Meine Eltern und die Cuddihys lachten und tranken, während Melissa mir ein Sonett von Millay vorlas, dem man anmerkte, daß sie es auswendig konnte:

Welche Lippen meine Lippen wann und warum geküßt –
Ich hab's vergessen, vergessen auch die Arme,
Auf denen mein Kopf bis zum Morgen lag ...

Plötzlich wandte sich jemand um, und wir alle blickten in dieselbe Richtung. Zina und ihre Mutter erklommen die Düne vor dem Gästehaus. Zuerst tauchten ihre Köpfe auf, dann die Schultern, und so fort. «Venus steigt auf», sagte Vater. Ich fragte mich, wen er damit meinte. Mrs. Mertz trug eine schwarze Bluse und weiße Hosen, Zina gelbe Hosen und eine orangefarbene Bluse.

Als sie auf uns zukamen, hatte ich die seltsame Empfindung, daß Mrs. Mertz schöner sei als Zina. Mrs. Mertz ging nicht wie eine Prinzessin, sondern wie eine Königin, kerzengerade, den Blick direkt auf uns gerichtet, mit einem leichten Lächeln auf ihren Lippen. Und dann verdarb sie – vermutlich ganz bewußt – alles wieder, indem sie an einer Zigarette zog. Zina folgte ein paar Schritte hinter ihr mit gesenktem Blick. Die beiden waren so eindrucksvoll, daß wir einige Minuten brauchten, um das Bild in uns aufzunehmen.

Jetzt waren acht Leute auf der Veranda, die sich, wie bei einem Ballett, zu zwei Gruppen formierten. Vater und Mr. Cuddihy scherzten mit Zina und Mrs. Mertz; Mutter stand mit Mrs. Cuddihy, Melissa und mir zusammen. Mutter konnte sich nicht auf das konzentrieren, was gesprochen wurde. Jedesmal, wenn Vater sich mit einer gutaussehenden Frau wie Mrs. Mertz amüsierte, mußte Mutter zwanghaft etwas dagegen unternehmen. Sie hatte für solche Fälle ein ganzes Repertoire auf Lager. Zum Beispiel konnte sie zu Vater hinübergehen und sich in die Unterhaltung einmischen; sie konnte ihn mit irgendeinem Auftrag wegschicken; sie konnte ihn zu sich rufen, um ihm jemanden vorzustellen. Vater wußte immer schon, was los war, denn sie lächelte dann besonders strahlend. Aber er spielte mit. Einmal fragte ich ihn, ob Mutter vom Typ her eifersüchtig sei. «Eher vorsichtig», erwiderte er.

Mutters derzeitiges Problem bestand darin, daß Mrs. Cuddihy ihr den neuesten Klatsch über die alten Klassenkameradinnen erzählte. Das konnte dauern. Mutter blieb nichts anderes übrig, als Vater im Auge zu behalten. Auch ich tat das. Zina widmete Mr. Cuddihy ihre ganze Aufmerksamkeit, und Mrs. Mertz erzählte Vater eine Geschichte. Vielleicht fand er sie lustig, zumindest tat er so. Melissa versuchte, mich von unseren Müttern wegzulocken. Um dies zu vermeiden, trennte ich mich von der Gruppe und stellte mich zwischen Mrs. Mertz und Zina. Mrs. Mertz fing meinetwegen noch einmal mit ihrer Geschichte an. Ihr Mann hatte offenbar einmal den Rasen mit einem großen Handmäher gemäht. Ein Stück Kupferdraht verfing sich in den Messern, wurde hochgeschleudert und bohrte sich in seinen Magen. Mrs. Mertz brachte ihn ins Krankenhaus, wo ein in Moskau ausgebildeter Chirurg eine Notoperation durchführte. Eine Woche nach seiner Entlassung ging Mr. Mertz zur Nachuntersuchung. Im Weggehen bemerkte er: «Ich kann zwar kein Gras mähen, aber immerhin kann ich noch Senf mähen.»

«Was bedeutet Senf mähen», fragte der Chirurg.

«Vögeln.»

«Sie können doch mit Ihrem offenen Magen nicht vögeln.»

«Auf der Seite schon», hatte Mr. Mertz geantwortet.

«So, so, auf der Seite», hatte der Chirurg gesagt und mit den Achseln gezuckt.

«Und seit damals», sagte Mrs. Mertz, «habe ich immer das Gefühl, es zählt nicht, wenn man es auf der Seite macht.»

Die Männer lachten, obwohl Mr. Cuddihy durchblicken ließ, daß die Geschichte nichts für meine Ohren sei. Zina hatte sie zweifellos schon öfter gehört.

Mit verschwörerischem Blick wandte sie sich der anderen

Gruppe zu. Aber als ich ihr endlich folgen konnte, hatte sie sich mit Melissa ein wenig abgesondert. Melissa trug Shorts und Sandalen. Sie war nicht dick, nur kräftig gebaut. Ihre Knie hatten Dellen. Sie bestritt das Gespräch.

«Du bist offenbar der visuelle Typ. Michael und ich sind mehr der verbale Typ. Auch wir lieben Bilder, aber wenn wir uns ausdrücken wollen, dann tun wir das mit Worten. Es gibt da einen Test: ‹Butterflies flutter by.› Wenn du das absolut großartig findest, dann bist du der verbale Typ. Sind das einfach nur Wörter für dich, dann bist du keiner. Aber es gibt einen Unterschied zwischen Michael und mir.» Sie legte ihre Hand auf meinen Arm. «Du kannst ja widersprechen, Michael, aber Tatsache ist, daß ich denke, bevor ich rede, Michael redet erst und denkt dann.»

Genau das tat ich in diesem Moment nicht. Ich schwieg und dachte mir mein Teil. Was war los mit ihr? Noch nie hatte ich sie so hektisch daherplappern hören. Sie redete, als sei es beschlossene Sache mit uns. Dabei war ich ihr nie nahegekommen, nie mit ihr ausgegangen. Wie kam sie dazu?

Dann tauchte Mr. Cuddihy neben uns auf. «Ist das Wein, was du da trinkst, Liebling?»

«Mutter hat's erlaubt.»

«Aber nur ein Glas. Und wie steht's mit Ihnen?» fragte er Zina. «Darf ich Ihnen etwas bringen?»

«Ich komme mit», sagte Zina.

Ich war wütend auf Melissa. «Was soll der Quatsch mit erst reden, dann denken?»

«Aber es stimmt.»

«Du *kennst* mich nicht gut genug, um so was behaupten zu können. Du kennst mich *überhaupt* nicht.» Mir blieb die Luft weg.

«Warum regst du dich so auf? Ich wollte dir ein Kompliment machen.»

«Und das wäre?»

«Daß du spontan bist.»

«Um Himmels willen!»

Sie sah aus, als würde sie jeden Moment anfangen zu heulen.

«Schon gut, Melissa. Ich bin nicht böse. Aber ich finde, du hast keine Ahnung, wovon du redest.»

«Du wolltest ja bloß nicht, daß ich mit Zina über dich spreche. Das ist es doch, oder?»

«Eben *nicht*.»

«Du magst sie.»

«Melissa, jeder mag Zina. Dein Vater zum Beispiel. Schau doch, wie er sie anhimmelt.»

Melissa wirbelte herum, verließ die Veranda und ging zum Strand hinunter. Meine Mutter beobachtete uns und merkte, daß etwas nicht stimmte. Sie gab mir einen Wink, Melissa zu folgen. Wohl oder übel ging ich ihr nach. Ich holte sie ein, und wir gingen am Wasser entlang. Als wir zum Haus zurückkehrten, war sie wieder in Ordnung.

Die anderen waren auf die Meeresseite umgezogen, um den Sonnenuntergang zu sehen. Als das obere Ende des Sonnenballs den Horizont erreichte, sagte Mr. Cuddihy: «drei... zwei... eins... aus», und alle klatschten.

Wir aßen drinnen. Diejenigen, die mit einem Aperitif angefangen hatten, wechselten zu Wein. Nach dem Essen setzte Mr. Cuddihy sich ans Klavier. Wir versammelten uns um ihn und sangen. Zina ging auf die Veranda, um Sonya zu rufen. Der Setter kam in großen Sätzen heran und ließ sich, die Schnauze an Zina reibend, vor der Tür nieder. Blackheart bellte, und wir bestachen ihn mit einer Portion Scampi. Es stellte sich heraus, daß Melissa eine hübsche Stimme hatte. Auch Mrs. Mertz sang gut. Nach ein paar Liedern – «Just One of Those Things», «Night and Day», «Stormy Weather» – rezitierte sie französische Gedichte, während Mr. Cuddihy passende Akkorde anschlug.

«Deine Mutter ist großartig», wisperte ich Zina zu.

«Dieses Mädchen ist in dich verliebt», wisperte sie zurück.

«Ich aber nicht in sie.»

«Du trägst Verantwortung gegenüber jemandem, der dich liebt.»

Darauf wußte ich keine Antwort. Wenn ich *ihr* nun sagte, daß ich *sie* liebte, würde sie dann Verantwortung für mich empfinden?

«Sie hat dir einen Gedichtband geschenkt. Du mußt ihr auch etwas geben.»

«Na gut.»

«Etwas, das dir wichtig ist.»

«Na gut.»

Ich tat es aber nicht. Aus meinem Zimmer holte ich den Band mit Yeats' Gedichten, den mir Melissa bei anderer Gelegenheit geschenkt hatte, und schrieb vorne hinein «Für Zina, Seite 114». Dort stand eine Zeile, die Yeats angeblich in einem alten Stück gefunden hatte:

In Träumen beginnt Verantwortung.

Ich gab ihr das Buch im Dunkeln, als sie neben ihrer Mutter am Strand stand und die beiden sich für den netten Abend bedankten.

5 Der Tag danach

Am nächsten Morgen frühstückte ich mit Mutter. Vater hatte am Boot zu tun.

Mutter konnte älter und jünger aussehen. Wenn sie schlecht gelaunt war, sah sie jünger aus; dann bewegte sie sich rasch und ihr Gesicht war schmal. Wenn sie gut gelaunt war, wirkte sie fülliger und ihre Bewegungen wirkten runder; stellte sie etwas ab, dann beschrieb sie damit einen Bogen, von einem Punkt zu einem anderen ging sie im Halbkreis. An diesem Morgen hatte sie gute Laune. Sie sprach über die Party, was bedeutete, daß sie den Abend für gelungen hielt.

Mary Cuddihy war eine «reizende Frau», zumal man «mit fortschreitendem Alter nur schwer neue Freunde findet, alte schon gar nicht». Mrs. Cuddihy hatte Mutter daran erinnert, daß sie sich ein Semester lang Charmian und Iras genannt hatten, nach den beiden Zofen Kleopatras. «Und Peebee Brooks, die Elisabethanische Literatur unterrichtet hat, war Kleopatra. Ich hatte das völlig vergessen.» Und über Melissa: «Die wird sich schon machen, sobald sie ein wenig älter ist.»

«Du meinst, wie sie aussieht», sagte ich.

«Sie schlägt ihrem Vater nach. Und Zina, die ist klug und weiß sich zu benehmen.»

«Und schön.»

«Sie hat ein interessantes Gesicht, außerdem kann sie zuhören. Das schätze ich an einem Menschen.»

«Und was hältst du von Mrs. Mertz? Weiß die sich zu benehmen? Findest du, daß sie eine Dame ist?»

«In gewissen Kreisen könnte sie als solche durchgehen. Dein Vater zumindest hält sie offenbar für eine.»

«Du aber nicht.»

«Sie ist weiblich, soviel steht fest. Und Blackheart ist zu erregbar. Wir hätten ihn kastrieren lassen sollen.»

«Vater ist gegen Kastrieren.»

«Dein Vater ist ein hoffnungsloser Romantiker.»

«Ich auch.»

«Du bist romantisch, wenn's um Frauen geht, Michael.»

«Und Vater?»

Sie dachte einen Moment nach und sagte dann: «Ich weiß nicht.»

Nach dem Frühstück ging ich in die Bucht hinüber. Vater prüfte die Ankerkette auf Rostspuren. Wenn er sich konzentrierte, sah er besonders gut aus. Irgendwie war er nicht wie andere Väter, zumindest pochte er nicht auf Disziplin. Mutter war diejenige, die mir sagte, was ich tun durfte und was nicht. Vater sagte mir, was ich tun sollte und was nicht.

Es war Ebbe, beim Boot reichte uns das Wasser bis zu den Hüften. Ich half Vater, die Kette einzuholen, und fragte ihn, wie er die Party gefunden hätte. Er sagte, es sei lustig gewesen, und erkundigte sich dann nach meiner Meinung.

«In Ordnung. Und wie denkst du inzwischen über Mrs. Mertz?»

«Sie hat den Abend bestritten, zusammen mit Frank Cuddihy.»

«Mutter meint, du magst sie.»

«Hat sie das gesagt?»

«In gewisser Weise schon.»

«Jeder mag sie.» Meine Worte über Zina.

«Mutter nicht», sagte ich.

«Hat sie das gesagt?»

«Nein, aber ich merke es. Und du magst Zina, stimmt's?»

«Zina ist kein einfaches Mädchen.»

«Wer sagt, daß sie ein einfaches Mädchen ist?»

«Du, Michael. Du hältst sie für vollkommen. Und alles Vollkommene ist einfach.»

«Du hast mir mal gesagt, gewöhnliche Frauen halten sich in der Nähe des Ufers, ungewöhnliche schwimmen hinaus. Zina ist ungewöhnlich.»

«Zumindest schwimmt sie hinaus.»

Als wir zum Haus zurückkamen, sahen wir eine Motorjacht dreißig Meter vom Strand entfernt liegen, nagelneu und blitzend hüpfte sie in der Brandung. Vater und ich rümpften die Nase über Motorboote. Statt ein solches Boot zu steuern, fanden wir, könnte man ebensogut eine Autobahn entlangrasen. In einem Segelboot hört, fühlt und riecht man nur den Wind und das Wasser. Man tut dasselbe, was Menschen vor Tausenden von Jahren getan haben. Unsere Angela zum Beispiel bestand, wie Segelboote früher schon, aus Holz und Stoff. Sie fand sich draußen im Atlantik ebenso zurecht wie in der Bucht. Sie war eine Träumerin, und weil sie sich leicht steuern ließ, machte sie einen ebenfalls zum Träumer. Wer kann schon auf einem Motorboot träumen? Es weckt allenfalls Ehrgeiz, aber keine Träume. Die Angela wollte gefordert sein, aber sie spielte einem keine Streiche. Am liebsten hatte sie starken, gleichmäßigen Wind, Böen glich sie aus, sie ließ sich nicht aus der Ruhe bringen und schätzte es, sich von einer leichten Brise dahintreiben zu lassen. Sie sah es einem nach, wenn man nicht immer Herr der Lage war. Für ihre Größe war sie ziemlich schwer gebaut und versuchte gar nicht erst als Rennboot durchzugehen. Vater sagte, wenn sie eine Frau wäre, dann eine mit dickem Hintern und großem Busen, eine, die sich eher als Mutter bewährte denn als Frau und eher als Frau denn als Geliebte.

Auf der Motorjacht schien niemand zu sein. Zunächst dachten wir, die Besucher wären bei uns, aber Mutter deutete über die Schulter zum Gästehaus. «Zwei exquisite männliche Wesen», sagte sie, «braungebrannt und unternehmungslustig.»

Weil die Düne im Weg war, konnte ich sie nicht sehen, wohl aber hören. Vater wirkte gleichgültig, und ich versuchte, es auch zu sein. Waren das Freunde von Zina oder von ihrer Mutter? Ich spielte mit dem Gedanken, zur Angela zurückzugehen, aber es gab dort nichts mehr zu tun. Vielleicht könnte ich Vater zu einer Partie Schach herausfordern. Doch er hatte sich mit einem Buch auf die hintere Veranda zurückgezogen. Schließlich winkte ich Blackheart, und wir sprangen über den heißen Sand zum Gästehaus hinüber. Unterwegs riß ich einen Grashalm aus, den ich zwischen die Zähne nahm, und versuchte, so locker zu sein wie Zina.

Zina und ihre Mutter freuten sich über unseren Besuch. Mrs. Mertz, im Bikini, küßte mir die Wange. Zina nahm mich bei der Hand und stellte mich den Gästen vor. Henry betrieb eine Kunstgalerie in der Stadt. Wilder, der jünger war als er, war Photograph. Henry war tiefbraun und hatte blondes Haar. Er hielt sich gerade und schüttelte sehr ernsthaft meine Hand. Auch Wilder war nett, bloß weniger förmlich.

Zina erzählte ihnen, wie ich mit meinen Aufnahmen von ihr den Kubismus ein zweites Mal erfunden hätte, und ich versprach, sie später zu holen. Henry behauptete, er habe mir sofort angesehen, daß ich kreativ sei. Ich hätte für Egon Schiele sitzen können, denn ich sei «unschuldig und wissend».

«Henry», sagte Mrs. Mertz, «hör auf mit dem Quatsch! Du bringst Mischa in Verlegenheit.»

Henry fragte, ob ich wirklich Russe sei, und Mrs. Mertz sagte, ich solle zum Mittagessen bleiben.

Während des Essens unterhielten wir uns hauptsächlich über Bone Point. Der ideale Ort für Mrs. Mertz – nichts, worüber man sich Sorgen machen könnte. Es klang, als müsse sie sich von etwas erholen, obgleich sie überhaupt nicht krank aussah, bloß dünn. Es wurde auch viel über Photographie geredet. Wahrscheinlich meinten sie, das würde mich interessieren. Ich kannte aber keinen der Namen. Ein Photograph hatte sich auf Aktphotos spezialisiert. War sein Werk Pornographie?

Mrs. Mertz sagte, sie fände seine Aufnahmen ungefähr so erregend wie Kleiderhaken.

«Frauen», behauptete Henry, «sind visuellen Reizen gegenüber bekanntlich unsensibel.»

Zina sagte, die Bilder seien «zu dreidimensional – nackte Staatsportraits.»

Sie sah, daß mich das alles nicht sonderlich interessierte, und tröstete mich, indem sie ihre Hand auf meine legte. Niemand schien sich daran zu stören. Hieß das, daß weder Henry noch Wilder an Zina interessiert waren, oder war ich bloß zu jung, um eine ernsthafte Konkurrenz darzustellen? Dem Alter nach hätte Henry zu Mrs. Mertz gehören müssen und Wilder zu Zina. Aber meines Erachtens konnte es ebensogut auch andersherum sein.

Nach dem Essen schwammen wir zu der Motorjacht hinaus, die den Namen Chelsea Hotel trug. Eine halbe Stunde lang raste Henry am Strand entlang, in die offene See hinaus und wieder zurück. Um anzugeben, beschleunigte er auf dreißig Knoten, wobei er eine riesige Bugwelle produzierte. Er ließ mich auch mal ans Steuer und hielt dabei von hinten meine Hände. Für kurze Zeit hat man Spaß an solchen Booten, aber auf die Dauer sind sie zu simpel. Nach zwei Minuten Instruktion kann jeder ein Motorboot steuern – man durfte bloß nirgends drauffahren.

Später ließen wir uns auf der Terrasse des Gästehauses nieder. Mrs. Mertz nahm Bestellungen für Getränke entgegen. Sie hatte eine Platte von Nina Simone aufgelegt und sang dazu. Henry bat sie zum Tanz, zog sich aber sofort einen Splitter ein. Mrs. Mertz holte Nadel und Pinzette und erbot sich, ihn zu entfernen. Henry verlangte aber nach einer «jungen, ruhigen Hand». Damit meinte er mich. Ich bin tatsächlich ganz gut mit so was. Wir saßen uns auf Stühlen gegenüber, und ich nahm seinen Fuß auf den Schoß. Während ich nach dem Splitter stocherte, rief Henry plötzlich: «O mein Gott, dieser Schmerz! Hör bloß nicht auf!»

Ich kapierte nicht, daß er Spaß machte, bis ich alle anderen, einschließlich Henry, lachen sah.

Auf einmal war Vater da. Er trug noch seine Badehose. Wahrscheinlich hatten die Musik und die allgemeine Heiterkeit ihn angelockt. Mrs. Mertz legte den Arm um seinen nackten Rücken, als wäre er ein guter alter Freund, und stellte ihn als den «bestaussehenden Vermieter seit Menschengedenken» vor. Sie fragte, ob er einen Drink wolle, und als sie mit einem für ihn und einem für sich wieder herauskam, forderte sie ihn zum Tanzen auf. Und das war die Szene, die Mutter bei ihrem Eintreffen vorfand: Vater und Mrs. Mertz, je einen Drink in der Linken, seine Rechte um ihre Taille und ihre Rechte auf seiner Schulter.

Mit Mutter war das so eine Sache, wenn sie wütend war. Mrs. Mertz ließ Vater los und machte Anstalten, Mutter den beiden Gästen vorzustellen. Doch sie verweigerte mit einem Kopfschütteln den angebotenen Drink und setzte sich auch nicht, als Mrs. Mertz ihr einen Stuhl anbot. Vater wich sie aus, als er zu ihr trat. Zu allem Übel fing Blackheart auch noch an, winselnd an Sonyas Hinterteil herumzuschnüffeln. Mutter versetzte ihm einen fürchterlichen Hieb, worauf er jaulend davonrannte. Vater gab mir ein Zeichen. Mrs. Mertz hatte sich an die Hauswand zurückgezogen und beobachtete das Geschehen über den Rand ihres Glases hinweg. Zina starrte auf die Holzplanken der Terrasse. Henry und Wilder schienen verwirrt. Mutter, die sich inzwischen noch mehr ärgerte, weil ihr die Hand ausgerutscht war, tat das einzig richtige und ging. Während des ganzen Auftritts hatte sie kein Wort gesprochen.

«Ich hoffe, Ihre Frau...», sagte Mrs. Mertz. Als Erwiderung hob Vater die Hand, und mit derselben Bewegung deutete er mir an, ich solle noch eine Weile dableiben, während er zum Haus zurückging.

«Nun», sagte Mrs. Mertz seufzend und mit einem Lächeln auf den Lippen, «wollen wir tanzen?»

Niemand hatte Lust.

Henry und Wilder sagten, sie müßten jetzt aufbrechen.

Mrs. Mertz sagte, sie würde sich ein wenig hinlegen.

«Das Problem mit meiner Mutter ist», sagte Zina, als alle fort waren, «daß sie sich schon nach einem Drink für Brigitte Bardot hält.»

«Das Problem mit meinem Vater ist, daß er Brigitte Bardot toll findet.»

«Ich hoffe, Henrys albernes Getue hat dir nichts ausgemacht. Er ist sonst nicht so.»

«Wie ist er denn sonst?»

«Er ist Mutters bester Freund. Als mein Vater sie verlassen

hat, war sie völlig am Ende. Henry hat ihr das Leben gerettet.»

«Dann mußt du ihn sehr gern haben.»

«Ja, das stimmt. Dein Vater hat genug Zeit zur Versöhnung gehabt. Du kannst jetzt nach Hause gehen und deinem komischen kleinen Hund sagen, daß er sich in Zukunft besser benehmen soll.»

Ich ging statt dessen zur Bucht hinunter. Als ich am Wasser stand, tauchte Blackheart auf. Wir mochten den Ebbegestank nach verrotteten Pflanzen. Die Spätnachmittagssonne färbte den Himmel violett. Die Angela, die bewegungslos im spiegelglatten Wasser lag, war das perfekte Boot. Und Blackheart war der beste und treueste Hund der Welt. Mit Zina über ihre Mutter und meinen Vater zu reden, brachte mich ihr näher. So, als wären wir Verschwörer.

Als ich zum Haus zurückkam, ging Vater gerade Richtung Atlantik davon.

Ich ging nach oben. Die Tür zum Schlafzimmer meiner Eltern war geschlossen. Ich klopfte.

«Geh weg!» rief Mutter.

«Ich bin's.»

«Du auch.»

Blackheart folgte mir hinunter und sah mich eindringlich an. Entweder wollte er eine Erklärung oder sein Abendessen. Ich fütterte ihn, und er verzog sich.

Ich wußte nicht, welche Richtung Vater genommen hatte. Ging er nach Norden, zur Spitze von Bone Point, dann wäre er bald wieder da. Ging er nach Süden, Richtung Festland, dann würde er womöglich nie mehr zurückkommen.

Die Eltern meines besten Freundes Hillyer hatten sich vor zwei Jahren getrennt. Zunächst war er ziemlich deprimiert gewesen. Er fand, sie hätten warten sollen, bis er und sein kleiner Bruder halbwegs erwachsen waren. Vor kurzem hatte ich einen Brief von ihm erhalten. Sein Vater war jetzt in Südamerika, und sein kleiner Bruder sprach nicht mehr mit seiner Mutter. «Es sollte eine bessere Möglichkeit geben, auf die Welt zu kommen, als durch Eltern», schrieb Hillyer.

So etwas würde in unserer Familie nicht vorkommen, dachte ich. Mein Vater konnte mit Mutter umgehen. Es gelang ihm immer, sie zu besänftigen. Er nahm sie in die Arme, und sie runzelte die Stirn. Bei der nächsten Umarmung lächelte sie dann schon wieder. Sie betete meinen Vater an.

Wenn Vater sich nun tatsächlich in Mrs. Mertz verliebte, würden sie dann zusammenziehen? Vater und Mrs. Mertz in einer Wohnung, das war schwer vorstellbar. Sie war attraktiv, sogar schön, aber sie verlangte eine Menge Aufmerksamkeit jener Art, die Vater nicht gewährte. In gewisser Weise war sie ihm sehr ähnlich. Beide waren Charmeure, mit dem Unterschied, daß Vater ein Amateur war, Mrs. Mertz hingegen Profi.

Wie würden sie miteinander zurechtkommen? Er wäre vermutlich lebhaft und gesprächig, und sie ebenso. Oder würde er bei einem anderen Frauentyp den Part des Schweigsamen übernehmen und sie reden lassen? Ich stellte mir vor, wie Zina und ich Blicke tauschten über etwas, das die beiden zueinander sagten. Doch was auch immer zwischen ihnen abliefe, Zina wäre dann meine Stiefschwester. Oder nicht? Mit solchen Gedanken wartete ich auf Vater.

Er kam herein, als ich gerade den Kühlschrank inspizierte.

«Neuigkeiten aus dem ersten Stock?»

«Vielleicht sollten wir raufgehen und nachsehen?» schlug ich vor.

«Richten wir was zu essen her, das bringe ich dann hoch.»

Wir machten belegte Brote. Vater packte zwei auf ein Tablett, zusammen mit Gläsern und einer Flasche Wein. Dann hob er das Tablett über seinen Kopf und balancierte es die Treppe hinauf wie ein Schauspieler, der einen Kellner spielt.

Gleich darauf kam er wieder. «Ich hab es vor die Tür gestellt. Wo ist Blackheart?»

«Schläft auf der Veranda.»

«Er hat eine Schwäche für Sandwiches.»

«Hat Mutter abgeschlossen?»

«Ja, aber ich habe einen Plan. Laß uns zuerst essen.»

«Was hältst du von diesen Gästen?» fragte ich.

«Du warst auf ihrem Boot. Was meinst du?»

«Sie sind in Ordnung. Glaubst du, sie interessieren sich für Zina und Mrs. Mertz?»

«In romantischer Hinsicht – nein.»

«Und warum nicht?»

«Das ist eben mein Eindruck.»

Sein Plan funktionierte. Wir holten die Leiter unter der östlichen Veranda hervor, stellten sie ans Haus, und er kletterte durchs Schlafzimmerfenster. Mutter kreischte, doch es dauerte nicht lange, dann lachte sie. Vater war eben Experte. Ich fragte mich, ob ich eines Tages auch so gut mit Frauen würde umgehen können.

6 Eine Warnung

Am nächsten Morgen war der Himmel blaßblau und wolkenlos, der Ozean nahe des Ufers grün und weiter draußen blauschwarz. Eine lebhafte Brise wehte aus der Bucht über Bone Point auf die offene See hinaus. Sie hielt die Wasseroberfläche glatt und die hereinkommenden Wellen klein und kurz. Ideales Segelwetter.

Zählte man unser Haus und das Gästehaus als eins, so gab es vier Häuser auf dem Point. Dem Festland am nächsten lag die gemütliche kleine Hütte von Mr. Strangfeld, der schon vor dem Krieg dort allein wohnte. Je älter er wurde, desto mehr Sorgen machten wir uns, wie er über den Winter kam. Er hatte Strom, aber kein Telefon. Sollte ihm einmal etwas zustoßen, dann könnte er nicht viel tun. Jedes Frühjahr, wenn wir das Haus bezogen, erwarteten wir insgeheim die Nachricht, daß er gestorben und von den Ratten angenagt worden sei.

Er verdiente seinen Lebensunterhalt durch die Bewohner des Point. Jeden Morgen gegen acht fuhr er mit seinem Beach-Buggy vor. Wenn wir aufs Festland gebracht werden wollten, steckten wir eine grüne Fahne in den Sand, und er holte uns ab. Das war die einzige Möglichkeit, den Point auf dem Landweg zu verlassen. Solange jemand auf der Insel war, erschien er bei jedem Wetter. Außerdem bot er noch zwei andere Dienste an. Jedes Haus hatte seine Quelle, aber das Wasser war brackig. Mr. Strangfeld lieferte 50-Liter-Kanister mit

Trinkwasser vom Festland. Wer Wasser brauchte, stellte den leeren Kanister vors Haus, und er tauschte ihn gegen einen neuen aus. Über den Winter hielt er ein Auge auf die Häuser, sah nach, ob sie ausgeraubt, umgeblasen oder weggespült worden waren. Ich weiß nicht, wieviel wir Pointer ihm dafür bezahlten, jedenfalls reichte es für seine Steuern, Stromrechnung und Lebensmittel. Wir hätten uns auch eigene Beach-Buggies anschaffen können, doch wir fürchteten, daß jede Schmälerung von Mr. Strangfelds Einkommen sein Überleben gefährden würde.

Bone Point erstreckt sich sechs Meilen in nord-südlicher Richtung entlang dem Festland. Der Atlantik liegt im Osten, die Bucht im Westen. Zu Zeiten meines Großvaters Michael war Bone Point eine Insel, doch als der Point seinen Namen bekam, muß er eine Halbinsel gewesen sein. Im Zweiten Weltkrieg verbanden Armeeingenieure die Südspitze und das Festland mit einem Damm. Die Stadt mit ihren siebzigtausend Einwohnern lag etwa drei Meilen weit nördlich. Mr. Strangfeld brachte uns bloß bis zum Ende des Point und über den Damm. Auf dem Festland nahm man die Küsteneisenbahn; nach einer Haltestelle war man in der Stadt. Aber wir hatten unser Auto am Bahnhof geparkt und fuhren normalerweise parallel zum Bahngleis.

Vater war an diesem Morgen reingefahren, also nahm ich allen Mut zusammen und lud Zina zum Segeln ein. Sie war so schön in ihrem bonbongestreiften Badeanzug, daß ich mich kaum traute, sie anzusehen. Ich wies ihr das Großsegel zu. Sie lernte schnell, und schon bald duckte sie sich geschickt unter dem Großbaum. Aus ihr würde einmal eine gute Seglerin, sagte ich ihr. Das brachte uns auf unsere Berufswünsche.

Sie wollte eine gute Photographin werden, «nicht berühmt, einfach gut». Sie erklärte, sie habe sich noch nicht festgelegt, was ihre Karriere betreffe, vor allem nicht wegen des Farbwechsels, wie sie die Umstellung von Schwarzweiß auf Farbe nannte. Die Farbphotographie habe es zu früh zu technischer Perfektion gebracht. «Man hätte noch Jahre mit Schwarzweiß auskommen können, aber jetzt fällt es schwer, der Farbe zu widerstehen. Viele der ernstzunehmenden Photographen arbeiten ausschließlich in Schwarzweiß, aber irgendwie ist das zu gekünstelt, so wie wenn einer Schwarzweißfilme dreht. Womöglich wird Farbe nie etwas taugen, das liegt vielleicht daran, daß sie zu real ist. Gute Aufnahmen sind aber nicht real, sie sind Bilder dessen, was man für real hält.» Sie erzählte, wie ihr das eines Abends in einem New Yorker Restaurant klargeworden sei. «An den Wänden hingen Schwarzweißphotos. Alles andere war in Farbe. Ich war in Farbe, der Mann mir gegenüber, die Stühle, der Boden. Die Aufnahmen waren die einzige Ausnahme, der einzige Fluchtpunkt. Kunst ist ein Ausweg aus der Wirklichkeit.»

Sie fragte mich, ob ich ein bestimmtes Talent hätte. Ich antwortete, daß ich glaubte, ein Talent zum Glücklichsein zu haben. «So wie mein Vater», fügte ich hinzu.

Sie sagte, ich würde ernsthafter wirken als mein Vater.

«Vater ist ernsthaft. Man sieht es ihm nur nicht an, weil er witzig ist und nett zu Leuten.»

«Du bist auch nett zu Leuten, Mischa, wenn du willst.»

Ich wußte, worauf sie hinauswollte, aber weil ich keine Lust hatte, darüber zu sprechen, sagte ich: «Findest du denn, daß ich ein Talent zum Glücklichsein habe?»

«Ich finde, du hast ein Talent zum Gutsein.»

«Und wozu soll das gut sein?»

«Es ist gut für die Menschen, die dich umgeben.»

«Auch für dich?» fragte ich.

«Vielleicht. Aber als ich sagte, du wärst nett zu Leuten, wenn du nur wolltest ...»

«Du meinst Melissa.»

«Das Mädchen liebt dich.»

«Aber ich sie nicht.»

«Wenn ich ein Mann wäre, würde ich mit jeder Frau schlafen, die mich liebt.»

«Stell dir vor, du wärst ein Filmstar und Tausende von Frauen liebten dich.»

«Dann würde ich es als meine heilige Pflicht ansehen, mit jeder von ihnen einmal ins Bett zu gehen.»

«Wenn sie es aber immer wieder wollten, was dann?»

«Ich würde ihnen klarmachen, daß ich den anderen gegenüber ebenfalls eine heilige Pflicht hätte, und sie wegschicken.»

«Und wenn sie hartnäckig blieben?»

«Dann würde ich ihnen sagen, daß sie sich glücklich schätzen könnten, mich ein einziges Mal gehabt zu haben.»

«Und was würdest du tun, wenn ich sagte, daß ich dich liebte?»

«Ich bin kein Mann, Mischa. Und eine Frau muß in einen Mann verliebt sein, bevor sie mit ihm schläft. Darin besteht *ihre* heilige Pflicht.»

«Also, ich liebe dich.»

«Das mag sein, oder auch nicht. Ich werde dich prüfen. Kann ich das Segel loslassen?»

Ich drehte die Angela in den Wind, und Zina setzte sich neben mich. «Gut», sagte sie, «ich werde dich auf die Augen küssen, aber du mußt sie offenlassen.»

«Richtig auf die Augen?»

«Ja, und wenn du sie nicht offenhalten kannst, liebst du mich nicht.»

«Das kann ich.»

«Du darfst nicht die Finger zu Hilfe nehmen.»

«Ich weiß. Mach schon!»

Sie berührte einen Augapfel mit der Zungenspitze. Dann ließ sie mich kurz die Augen schließen, bevor sie das zweite Auge berührte. Tränen liefen mir übers Gesicht.

«Du weinst ja richtig», sagte sie.

«Ich liebe dich richtig», sagte ich.

Sie sprang ins Wasser. Ich konnte Großsegel und Pinne bestens alleine bedienen, aber ihr plötzlicher Abgang brachte mich aus der Fassung. Sie tauchte gleich wieder auf. Wir waren ziemlich weit draußen, und es überraschte sie, die Tiefe des Wassers unter sich zu fühlen. Es hat eine Bewegung und einen Sog, die einen spüren lassen, daß man in seiner Gewalt ist. Der Wind fuhr in die Segel und die Angela schoß davon. Ich versuchte, das Boot in den Griff zu bekommen. Auf Zinas Gesicht zeichnete sich dabei weniger Furcht als intensive Neugierde ab. Ich wollte zu ihr, bevor sie Angst bekam.

Es ist nicht einfach, mit einem Segelboot an einen bestimmten Punkt zurückzukehren. Man bewegt sich nicht kreisförmig, wie mit einem Motorboot, sondern beschreibt eine Acht. Das klingt umständlich, ist aber die beste Methode, um jemanden, der über Bord gegangen ist, zu erreichen. Vater hat mir das beigebracht. Ich hatte es schon einmal gemacht, und nun tat ich es wieder. Zunächst dachte Zina, ich würde von ihr wegsegeln. Die ganze Zeit rief ich ihr zu: «Alles in Ordnung! Ich komme!»

Ich mußte ihr ins Boot helfen. Auf der Rückfahrt sprachen wir wenig. Sie hatte einen Schreck bekommen.

Nachdem wir angelegt hatten, fragte ich sie, ob sie mit Mutter und mir essen wolle.

«Du erkundigst dich besser vorher, ob das deiner Mutter recht ist.»

«Meine Mutter war sauer auf deine Mutter, nicht auf dich.»

Mutter war einverstanden, und ich holte Zina im Gästehaus ab.

Es machte Spaß, den beiden zuzuhören. Jede förderte die damenhaften Seiten der anderen zutage. Sie unterhielten sich, als wäre ich nicht vorhanden.

Zina erkundigte sich, was Vater machte (er war Versicherungsagent mit eigener Niederlassung), wo wir im Winter wohnten (in einer Wohnung in der Stadt), ob Mutter oder Vater schon einmal verheiratet gewesen seien (nein), ob Mutter mehr Freundinnen oder mehr Freunde hätte (Freundinnen), ob Mutter ebenfalls berufstätig sei (nein).

Zina sagte, sie sei sicher, daß sie eine erfolgreiche Photographin werden würde.

Mutter fragte, wie sie das wissen könne.

«Weil ich es unbedingt will.»

«Meinen Sie denn, das läuft so im Leben?» fragte Mutter.

«Bei mir schon», erwiderte Zina lächelnd, und Mutter lachte.

Zina erzählte, sie sei in New York geboren. Das fand sie gut, denn es sei «halb europäisch». Sie ging nur ein Jahr aufs College, weil sie zunächst meinte, Philosophin werden zu wollen, doch es stellte sich heraus, daß sie mehr an Dingen als an Ideen interessiert war. Bone Point gefiel ihr, weil sie dort keine Schuhe zu tragen brauchte. Ihre Eltern lebten seit sechs Jahren getrennt, waren aber noch immer verheiratet. Mr. Mertz arbeitete im Export-Importgeschäft und reiste viel.

Zina hatte nicht vor, so schnell zu heiraten. Falls überhaupt, und falls sie jemals Kinder haben würde, dann bestimmt nicht vor dreißig. Sie hatte mehr Freunde als Freundinnen, aber das wollte sie ändern, «denn von Frauen kann man mehr lernen, Männer reden immer nur über sich selbst». Sie wisse, daß sie anziehend auf Männer wirke, aber das liege an ihrer Unabhängigkeit. «Männer mögen unabhängige Frauen. Die wird man leichter wieder los, wenn es so weit ist.»

«Ich bezweifle, daß Sie aus eigener Erfahrung zu dieser Erkenntnis gelangt sind.»

Zina kicherte. «Das stammt von meiner Mutter, nicht von mir.»

Ich war froh, daß sie sich so gut verstanden. Alle, die ich liebte, sollten einander mögen. Mutter, Vater, Zina, Blackheart. Und vielleicht war da auch noch Platz für Mrs. Mertz.

Schon im Gehen sagte Zina: «Ich finde, Ihr Nachwuchs ist gut gelungen.»

«Dasselbe gilt für Ihre Mutter.»

«Ich würde gerne ... ich möchte Ihnen sagen ... Mutter ist im Grunde harmlos. Kommen Sie einmal zu uns zum Essen?»

«Sehr gern.»

Ich bewunderte Mutter für ihre rasche Antwort.

Zina küßte sie auf die Wange, mir tippte sie mit dem Finger auf die Nasenspitze und ging.

Schweigend räumten wir den Tisch ab. Ich war sicher, daß Mutter etwas auf dem Herzen hatte, aber sie sagte nichts. Also fing ich an: «Zina ist in Ordnung, findest du nicht?»

«Ja, das ist sie», sagte sie und wandte sich ab.

«Meinst du, sie wird Erfolg haben?»

«Wenn sie nicht von ihren Vorsätzen abweicht.»

«Wie soll das gehen?»

«Indem sie heiratet, Kinder bekommt, ihre Karriere aufgibt. Da gibt es viele Möglichkeiten.»

«Sie sagt, sie wird Erfolg haben, weil sie es unbedingt will.»

Ärgerlich drehte Mutter sich um. «Da irrt sie sich. Sie mag erfolgreich sein oder auch nicht, aber das hat nichts damit zu tun, daß sie es sich in den Kopf gesetzt hat. So läuft es nicht im Leben. Verstehst du das denn nicht?»

«Nein.»

«Michael, Zina mag in deinen Augen wie ein Mädchen aussehen, aber sie ist eine erwachsene Frau. Sie wird dir das Herz brechen, wenn du dir diese Idee nicht aus dem Kopf schlägst. Man bekommt im Leben nicht etwas, weil man es unbedingt will, man bekommt, was das Leben für einen bereithält.»

Sie trat auf die Veranda hinaus und knallte die Tür hinter sich zu.

7 Ein Ausflug in die Stadt

An dem Tag, an dem Mutter bei Mrs. Mertz und Zina zu Mittag aß, fuhr ich in die Stadt. Mr. Strangfeld brachte mich zum Bahnhof. Er war, soweit ich das beurteilen konnte, ein waschechter Amerikaner, aber da er wußte, daß ich in Deutschland geboren war, benutzte er gern deutsche Floskeln: *Guten Morgen, guten Tag, wie geht's*. Als er mich an jenem Morgen abholte, sagte er: «Das ist wirklich ein wunderschöner *Morgen*, dieser *Morgen*.» Und: «*Ach ja, sehr schön*», was er anschließend für mich übersetzte. Und der Morgen war wunderschön – kühl, frisch und klar.

Die Stadt, sagte Vater, habe genau die richtige Größe. Klein genug, damit man weiß, was los ist, aber nicht so klein, daß sie nicht auch ihre Geheimnisse hätte. Zu Beginn des Jahrhunderts hatten sich reiche Familien dort angesiedelt. Eine von ihnen hatte das College errichten lassen, eine andere das Kunstmuseum. Die Leute mochten den Ort, weil es hier keine Mühlen und Fabriken gab.

Mein Freund Hillyer, der mit den geschiedenen Eltern, hatte sich mit mir verabredet und war vom Land hereingefahren. Er hatte Lust auf einen Kino-Marathon – einen Film am Vormittag und zwei am Nachmittag. Ich wollte ins Museum. Zina hatte von den Impressionisten gesprochen («Sie malen Licht, keine Gegenstände»), und ich wollte meinen Kopf mit denselben Dingen füllen, die ihren füllten. Ich versuchte gar nicht erst, Hillyer das zu erklären. Wir einigten uns auf einen Kompromiß. Am Vormittag das Museum, anschließend einen Film, der im Museum gezeigt wurde, dann noch einen im normalen Kino.

Der Hauptgrund für meinen Ausflug in die Stadt war das Essen mit Vater. Es war Mutters Idee gewesen. Ich genoß diese Abende. Hillyers Plan war, die Nacht mit seiner Freundin zu verbringen. Er hatte in seinem Brief geschildert, wie er das vor ein paar Wochen schon einmal versucht hatte. Doch als sie die Haustür aufschlossen, hatten sie Licht gesehen. War womöglich sein Vater aus Südamerika zurückgekommen? Hillyer ließ die Freundin an der Straßenecke stehen und ging zurück, um die Lage zu erkunden. Ins Haus war eingebrochen worden. Er hatte sie zu überreden versucht, mit ihm hineinzugehen («Die Polizei können wir später immer noch holen»), aber sie war so verstört, daß er sie heimbringen mußte. Es war nicht einfach gewesen, sie noch einmal so weit zu bringen. Er hatte versprochen, vorher das Haus zu inspizieren, um zu sehen, ob die Luft rein war.

Die Bilder waren großartig, bloß gab es nicht genug davon im Museum. Zur Erinnerung kaufte ich Postkarten von Monets Seerosen-Bildern. Der Museumsfilm war ein alter französischer Streifen, *Teufel im Leib,* über die Affaire eines Jungen mit der frisch verheirateten Frau eines Soldaten, der im Ersten Weltkrieg kämpfte. Dieser Film schien wie für mich gemacht. Als nächstes sahen wir *Lolita.* Hillyer wies darauf hin, daß bei beiden Paaren ein beträchtlicher Altersunterschied bestand. Ich sah das insgeheim als gutes Omen für mich, obwohl beide Filme schlecht ausgingen.

Ich wünschte Hillyer viel Erfolg bei seinem Mädchen und begab mich zu Bobo's Steakhouse, einem geräumigen, holzgetäfelten Lokal. Auf der Bar standen lederne Würfelbecher, mit denen die Gäste auswürfelten, wer die nächste Runde bezahlte. Der Geschäftsführer erkannte mich und sagte, Vater habe bereits angerufen. Falls ich vor ihm käme, sollte er mir einen Tisch zuweisen und eine Flasche Rotwein vor mich hinstellen. Würde ich mich dann, wenn gerade mal niemand hinsah, selbst bedienen, dann wäre das Gesetz machtlos. Ich war beim zweiten Glas, als Vater auftauchte.

Ich sah ihn, sobald er das Lokal betrat. Und alle anderen Gäste sahen ihn ebenfalls. Er trug eine schwarze Krawatte. Der Geschäftsführer ergriff seine Hand und seinen Ellenbogen; der Barkeeper beugte sich über den Tresen, um ihn zu begrüßen; Bobo persönlich erschien. Wenn man nicht wußte, daß Vater ein Geschäftsmann war, so hätte man ihn für eine Berühmtheit halten können. Es war nicht allein sein Aussehen; die Leute merkten auf, wenn er in ihre Nähe kam. Dabei tat er gar nichts besonderes, seine bloße Anwesenheit versetzte die Leute in gute Stimmung. Bobo und der Geschäftsführer eskortierten Vater an unseren Tisch. Die Art, wie sie sich um ihn bemühten, war ein weiterer Grund, warum ich das Bobo's mochte.

Vater erklärte, daß er nach dem Essen zur Eröffnung eines Nachtclubs gehen würde. Die Besitzer waren seine Kunden. Andernfalls hätte er mich mitgenommen («Ich glaube, deiner Mutter wäre es recht, wenn du ein Auge auf mich hättest»). Beim Gehen bekam Vater dieselbe bevorzugte Behandlung. Er hatte das Auto draußen geparkt und brachte mich in die Wohnung. Er sagte, ich solle nicht aufbleiben, bis er käme. Das hatte ich ohnehin nicht vorgehabt.

Die Wohnung hatte acht Zimmer auf zwei Etagen. Von nahezu jedem Fenster konnte man das Meer sehen. Wir wohnten seit vier Jahren dort. Als ich das erste Mal in der Wohnung war, hatte mir niemand gesagt, daß es noch ein zweites Stockwerk gab. Ich ging also in der unteren Etage herum. Irgend etwas schien nicht zu stimmen. Ich sah eine Küche, zwei große Räume, ein kleineres Zimmer, ein Bad, doch wo waren die Schlafzimmer? Sie lagen im Stockwerk darüber – drei Schlafzimmer und ein Schrankzimmer, der einzige Raum, von dem aus man das Meer nicht sehen konnte.

Ich liebte unser Strandhaus, aber die Stadtwohnung war komfortabler. Ein Vorteil war, daß es jede Menge heißes Wasser gab. Mein Bad hatte eine gut zwei Meter lange Badewanne und ein Bidet, das meine Freunde stark fanden, und ein Marmorwaschbecken so groß wie ein Tisch.

Ich überlegte, ob ich mir einen Scherz erlauben und Hillyer anrufen sollte, um ihn zu fragen, wie's mit seiner Freundin lief – das war seine Art von Humor –, aber statt dessen legte ich mich mit dem Gedichtband von Emily Dickinson ins Bett, den ich ebenfalls von Melissa bekommen hatte. Ich entdeckte ein Gedicht, das ich zuvor nie bemerkt hatte, und bevor ich einschlief, beschloß ich, Zina das Buch zu geben und die Seitenzahl als Widmung vorne zu vermerken.

Wilde Nächte – Wilde Nächte!
Wäre ich dein
Wilde Nächte sollten
Unser Verschwenden sein!

Vergeblich – die Winde –
Dem Herzen im Hafen –
Weg mit dem Kompaß –
Weg mit den Karten!

Segeln in Eden –
Ach, das Meer!
Möchte ich sichern nur – heute nacht –
In dir!

Um zwei Uhr war ich plötzlich wach, wahrscheinlich, weil ich so früh eingeschlafen war. Ich stand auf, um nachzusehen, ob Vater zu Hause war. Sein Schlafzimmer war leer, aber im ersten Stock sah ich Licht. Auf Zehenspitzen ging ich hinunter. Die Tür des Gästezimmers war zu. Das Licht, das in den Vorraum fiel, kam durch den Türschlitz. Drinnen hörte ich jemanden. Ich muß noch ganz verschlafen gewesen sein, denn einen Augenblick lang dachte ich, es sei Hillyer mit seiner Freundin, die aus irgendwelchen Gründen nicht in ihrem eigenen Haus bleiben konnten. Dann merkte ich, daß es Vater sein mußte. Ich ging nach oben, zurück ins Bett. War Mrs. Mertz bei ihm? War sie in die Stadt gekommen? Hatten sie sich in diesem Nachtclub verabredet?

Vor ein paar Jahren, als man im Klassenzimmer darüber sprach, wie das Leben entstand, hatte ich mich bei Vater erkundigt, ob es wahr sei, was ich da hörte. Im Großen und Ganzen schon, hatte er geantwortet und hinzugefügt, daß zwei Menschen, die miteinander schlafen, aus nichts etwas machen. Es sei ein Akt reiner Schöpfung. Von Ehe hatte er nicht gesprochen.

Am nächsten Morgen wachte ich spät auf und blieb noch so lange wie möglich im Bett. Ich wollte sichergehen, daß Vater schon gegangen war. Vorsichtig öffnete ich meine Tür und lauschte, bevor ich hinunterging.

Die Wohnung schien wie ausgestorben. Im Schlafzimmer meiner Eltern war das Bettzeug zurückgeschlagen, und eines der Kissen war zerknüllt. Das Schlafsofa im Gästezimmer war nicht ausgezogen, doch ich konnte Zigarettenrauch riechen. Der Aschenbecher war leer, aber schmutzig, also machte ich ihn sauber. Vater rauchte nicht. Ich verwischte seine Spuren. Auf dem Tisch lag eine Botschaft: «Michael, wenn du am späten Nachmittag mit mir zurückfahren willst, dann ruf mich im Büro an. Du kannst aber auch früher fahren; Strangfeld wartet am Ein-Uhr-Zug. Du hast nicht viel verpaßt gestern abend. P.» Immer unterschrieb er mit «P.». Einmal sagte ich ihm, daß «Vater» mir lieber wäre. Er sagte: «P. steht nicht für Peter, sondern für Pater – nein, Pop.»

Mr. Strangfeld holte mich um ein Uhr ab. Zina hatte mich gebeten, ihr das Blatt eines Baumes mitzubringen. Es gab ja so gut wie keine auf dem Point. Am Bahnhof fand ich ein großes Ahornblatt. Auf dem Weg nach Hause fragte ich Mr. Strangfeld, ob er gestern noch jemand anderen gefahren hätte. *«Nein, keinen»*, sagte er.

«Danke», sagte ich. *«Bitte»*, erwiderte er. Also waren Mrs. Mertz und Zina gestern abend beide auf dem Point gewesen.

Mutter war guter Laune. Ich erzählte ihr so ziemlich alles, außer der Sache mit dem Gästezimmer. Die Schilderung von Vaters elegantem Einzug bei Bobo's genoß sie besonders und tat so, als mißbillige sie Hillyers Schäferstündchen, war im Grunde aber amüsiert. Dann fragte ich, wie das Essen mit Mrs. Mertz gelaufen sei.

«Gut», war ihr einziger Kommentar. «Ich bin sicher, Zina wird dir darüber berichten», fügte sie hinzu.

Ich zog meine Badesachen an und brachte das Ahornblatt zum Gästehaus. Mrs. Mertz nahm vor dem Haus ein Sonnenbad, Zina war auf der hinteren Terrasse und las.

Sie richtete sich auf und streckte mir wie eine Hofdame die Hand zum Kuß entgegen.

Ich gab ihr das Blatt. «Warum wolltest du es haben?»

«Damit du zu mir zurückkommst.»

«Warum hätte ich nicht kommen sollen?»

«Du hättest mich ja unterwegs vergessen können.»

Ich sah nach, was sie las. *Herbst des Mittelalters.*

Es drängte mich, ihr von Vater zu erzählen. Das wäre ein Geheimnis, das mich mit ihr verband. Aber wenn Mrs. Mertz mitkriegte, daß Vater Freundinnen hatte, würde sie sich womöglich ermutigt fühlen.

Während Zina das Blatt zwischen den Fingern zwirbelte, erzählte sie mir vom gestrigen Abendessen. «Sie haben weibliche Solidarität gespielt. Redeten über die Schwierigkeiten, mit einem attraktiven Mann verheiratet zu sein, zwei Haushalte zu haben – wir hatten auch ein Haus auf dem Land, als Vater noch da war –, und über Probleme bei der Erziehung begabter Einzelkinder.»

«Hat meine Mutter gesagt, ich sei begabt?»

«Das hat sie.»

«Hat sie auch gesagt, worin meine Gabe besteht?»

«Ich bin deine Gabe, Mischa. Ich möchte, daß du dieses Blatt küßt.» Sie hielt es sich vor den Mund. Ich schloß die Augen und beugte mich vor. Sie zog das Blatt weg, und ich küßte ihre Lippen.

8 Die Strandparty

Mutter schlug eine gemeinsame Strandparty mit den Mertzens vor.

Sie übernahm es, in meinem Namen Melissa einzuladen, und sagte, die Mertzens sollten einladen, wen sie wollten. Ich hatte sie im Verdacht, sie hoffte auf zahlreiche männliche Gäste, die mich bei Zina und Vater bei Mrs. Mertz ausstechen würden. Melissa allerdings war ein Problem. Wenn sie zugegen war, würde ich mich nicht richtig um Zina kümmern können. Doch dann kam mir die Idee, Ari Galaktos einzuladen, einen Schulfreund, der den Sommer in der Stadt verbringen mußte. Ari war Dichter und hatte sogar schon ein Gedicht veröffentlicht. Vielleicht würde Melissa sich für ihn interessieren. Außerdem war Ari größer als Melissa.

Die Party war in drei Tagen, für Samstag abend, geplant. An einem Nachmittag sammelten Sonya, Blackheart und ich so viel Treibholz, daß es für zwei Partys gereicht hätte. Die Gezeiten des Atlantiks, die am Point vorüberzogen, lagerten alle Arten von Strandgut ab. Man konnte am Morgen aufwachen, und der Strand war übersät mit Unmengen von Austern- und Muschelschalen. Autoreifen landeten an, Flaschen, tote Fische, Hundekadaver, einmal sogar ein Pferd, Kork- und Plastikschwimmer, Seetang, Leinen, Quallen und jede Menge Holz – Bretter, Planken, Streben, Balken, Obstkisten, Ruder. Weil Holz oben schwimmt und bei Flut auf der

Höhe der Wasserlinie abgelagert wird, bleibt es meist auf dem Strand liegen, während sonstiges Strandgut, das an einem Tag das Ufer verdreckt, am nächsten schon wieder weggespült ist.

Wir schleppten das Holz aus einem Umkreis von einer halben Meile an und stapelten es am Strand vor dem Haus. Sonya überwachte die Arbeiten, ohne sich zu beteiligen, während Blackheart praktisch sein eigenes Körpergewicht stemmte und es mit der Verbissenheit eines Soldaten herumschleppte. Sonya belohnte ihn mit einem Bellen, wenn er treuherzig ein Stück vor ihr ablegte, was er wiederum als Aufforderung mißdeutete und um sie herumzuspringen begann. Sie kniff ihn in die Nase, und er flüchtete ins Haus – den Schwanz zwischen den Beinen, könnte man sagen, wäre er dazu nicht viel zu kurz gewesen.

Als wir fertig waren, kam Zina mit ihrer Kamera heraus. Sie stellte mich mit ein paar gebleichten Ästen in die späte Nachmittagssonne und photographierte. Ich war der Jäger, und dies war meine Beute. Mit der freien Hand beschattete ich die Augen; stolz lächelte ich auf den Ast hinunter; furchtsam spähte ich über die Schulter. Die Verzweigungen an einem der Äste sahen tatsächlich wie ein Hirschgeweih aus. Dann holte sie ein Stativ und machte ein Photo davon, wie ich sie an den Haaren hielt. Die Arme hingen schlaff herab, ihre Augen waren geschlossen. Als ich es später Vater zeigte, sagte er: «Ihr beide hättet die Rollen tauschen sollen.»

Am Samstag morgen holte Mr. Strangfeld Ari am Bahnhof ab. Er war sechzehn, hatte ein längliches, dunkles Gesicht mit schweren Augenbrauen und eine zurückhaltende Art. «Er wird später Diplomat werden», hatte Mutter einmal gesagt. «Oder Butler», war Vaters Kommentar.

Eine Stunde später setzte Mr. Cuddihy Melissa an der Bucht ab. Ari und ich gingen sie abholen und trugen ihre Sachen über den Point. Als ich sie in ihr Zimmer brachte, sagte sie: «Ich hab was für dich.»

«Keine Geschenke, Melissa.»

«Es ist kein Geschenk, aber es ist für dich.» Sie gab mir ein gefaltetes Stück Papier. «Lies es, wenn du allein bist.»

Ich ging mich umziehen und nahm das Papier mit auf mein Zimmer.

Gedanken für eine Strandparty

Wir sind allein – zumindest sind die anderen
im Schlaf. Wir lächeln, sind uns nah. Kein Wort, Gedanken nur,
wenn einer leuchtet, lachen wir,
es kommt der Tag, da bist du fern und bloß Erinnerung
bleibt; und dann der Tag, an dem auch sie vergeht. An jenem Morgen
steh ich auf, frühstücke, wie sonst auch,
und gehe – nur um zu spüren, daß ich etwas Wichtiges vergaß,
den Kamm, die Schlüssel, ein Papier, ein Buch –
ein Licht macht Dunkelheit nur schwärzer: ein Teil
von mir ist fort. Ich frage, was du warst und wo,
lote die Leere aus, greife umsonst nach Fäden, dich zurückzuziehn in meinen Blick.
Was dann? Worte verstand ich, und Wahrheiten,
nur wegen dir, einsame Feuer, die dem schwarzen Streifen
Strand des Geistes ein wenig Licht verleihn und Trost.

> Gezeiten des Vergessens schwellen an und löschen aus.
> Sie tragen dich, der sie entzündete, ins Meer. Welch ungeschickte Hand wird dann die Flammen nähren?

Als ich mit Melissa zum Essen hinunterging, sagte ich ihr, daß mir das Gedicht gefiele. Das stimmte zwar, aber es war nur die halbe Wahrheit. Im Grunde war es mir peinlich, daß sie Gedichte für mich schrieb.

Nach dem Essen nahm ich Ari mit in mein Zimmer und fragte ihn, was er von Melissa hielte. Ari war immer höflich. Ebensogut hätte ich ihn fragen können, wie ihm das Mittagessen geschmeckt habe. Ich zeigte ihm das Gedicht. Er las es sorgfältig durch.

«Das ist gut», sagte er. «Zum Beispiel diese Alliteration der schwarze Streifen Strand des Geistes – sie läßt den Strand endlos erscheinen.» Er sah noch andere Dinge, die mir nicht aufgefallen waren. Dann fragte er mich, ob ich mit Melissa ginge.

«Sie gehört dir», sagte ich.

Es war geplant, um sieben die Drinks auf der Buchtseite zu nehmen und um acht auf die vordere Veranda zu wechseln. Zina und Mrs. Mertz brachten einen Gast, einen etwa fünfzigjährigen Mann namens Max Pondoro. Er hatte sich als einziger herausgeputzt, mit weißen Hosen, braun-weißen Schuhen, Paisley-Hemd und einem dunkelblauen Blazer. Mrs. Mertz selbst hatte den Anlaß richtig eingeschätzt, sie kam barfuß, in Jeans und abgetragenem Herrenhemd. Zina, mit Schlaghose und hellblauer Bluse, sah geradezu brav aus.

Max Pondoro küßte Mutter die Hand und sagte, wie reizend es sei, daß sie ihn eingeladen habe. Er küßte Melissas Hand und sagte, was für ein hübsches junges Fräulein sie sei. Als er Vaters Hand ergriff, deutete er eine leichte Verbeugung an, was Vaters breites Lächeln hervorlockte. Nur Ari zeigte sich Mr. Pondoro gewachsen – er erwiderte die Verbeugung.

Um halb acht verließ ich die Veranda, um mich ums Feuer zu kümmern. Zina begleitete mich. «Meine Mutter ist wirklich genial», sagte sie. «Hast du bemerkt, wie Max mit deiner Mutter umgeht?»

«Nein.» Natürlich hatte ich es bemerkt.

«Dann behalte sie im Auge. Mutter hat ihn auf sie angesetzt.»

«Wozu soll das denn gut sein?»

«Damit sie sich attraktiv fühlt. Du mußt doch zugeben, Max ist ideal für den Job.»

«Meine Mutter fühlt sich durchaus attraktiv. Sie *ist* attraktiv. Einen Idioten, der ihr die Hand küßt, hat sie nicht nötig.»

«Aber Mischa! Meine Mutter hat es doch nett gemeint. Sie dachte, deine Mutter hätte sich aufgeregt und könnte ein wenig Aufmunterung gebrauchen, das ist alles.»

«Sie *hat* sich aufgeregt, aber das ist längst vorbei.»

«Mischa, du bist sauer auf uns, dabei lieben wir dich doch, dich und deine Mutter. Komm her!» Sie zog mich an sich, nahm mich in die Arme und drückte mich. Dann hielt sie mich auf Armlänge und fragte: «Alles in Ordnung?»

«Ja», sagte ich. Ich wußte, daß sie mit mir dasselbe tat wie dieser Max Pondoro mit Mutter. Aber es *war* in Ordnung. Zinas Körper war weich und fest zugleich, und ich konnte den Duft ihrer Seife riechen.

Als das Feuer brannte, zog ich ein geteertes Brett aus dem Haufen, das zu sehr qualmte. Ansonsten war das Feuer tadellos, groß genug, um Spaß zu machen, und doch nicht zu heiß zum Grillen. Neben Würstchen, Hamburgern und Marshmallows gab es Wein und Bier. Mrs. Mertz schenkte Martinis aus einer Thermoskanne aus und Vater hatte eine Flasche Scotch mitgebracht. Die Luft war kühl und trocken, und die Mücken verschonten uns. Wir sangen «Frère Jacques» und «Dona Nobis Pacem». Jeder warf den Hunden etwas zu, und Blackheart kotzte. Vater, Zina und ich saßen auf einer Decke; Ari und Melissa auf einer anderen. Mrs. Mertz schürte mit einem Stock das Feuer und nippte ihren Martini. Und dann war da noch Max Pondoro, der sich um Mutter bemühte. Sie schien sich zu amüsieren. Nun, warum auch nicht.

Im Schein des Feuers entwickelte Zina einen ganz neuen Reiz. Ihr dunkler, gebräunter Teint nahm eine rötliche Färbung an, und die braunen Augen glänzten schwarz. Sie erzählte eine Gruselgeschichte von einer Hexe, die von ihrem Liebhaber wegen einer anderen verlassen worden war. Die Hexe verwandelte sich in ein Schwein und mischte sich unter die Schweine des Mannes. Sie war das fetteste von allen, und als Weihnachten vor der Tür stand, wählte der Mann sie als Festtagsbraten aus. Am Schlachttag fraß sie die giftigen Blätter des Bilsenkrauts, das am Waldrand wuchs, und nachdem das Paar das Fleisch verzehrt hatte, starb es eines jämmerlichen Todes.

«Und die Moral von der Geschicht?» fragte Vater. «Soll man kein Schweinefleisch essen, oder soll man sich nicht zu Hexen ins Bett legen?»

«Ich glaube, sie lautet: Nimm dich vor jeder Frau in acht, die sich zum Schwein macht», sagte Mutter.

«Ich meine», sagte Melissa, «die Geschichte sagt uns, daß es sich lohnt, für die Liebe zu sterben.»

«Es ist Ihre Geschichte, Zina», sagte Vater. «Was meinen Sie?»

«Melissa hat die richtige Antwort.»

Das Feuer war heruntergebrannt. Vater schlug vor, wir sollten den Strand entlang wandern. Mutter war eingeschlafen. Max Pondoro und Mrs. Mertz erboten sich, sie zu bewachen. Das Wasser war schwarz, bis auf das fluoreszierende Licht in den sich brechenden Wellen. Wolken zogen am Mond vorbei und wurden von ihm zum Leuchten gebracht. Melissa, die mit Ari hinter uns ging, rezitierte aus «Dover Beach» von Matthew Arnold:

> Die See ist still heut nacht,
> Die Flut steht noch, der Mond fällt schön
> Auf den Kanal...
> Ah, Liebste, laß uns treu
> Einander sein! Denn die hier vor uns liegt,
> Die Welt, und uns in süße Träume wiegt,
> So mannigfach, so wunderschön, so neu –
> Läßt uns nicht Glück, noch Licht, noch Frieden sehen
> Noch gibts vor Schmerzen irgendeine Flucht.

Das Gedicht war schön, aber was die Welt betraf, so hatte es unrecht. In diesem Augenblick bestand die Welt aus Zina, Vater und mir, die diesen perfekten Strand entlanggingen. Mutter in guter Stimmung. Mrs. Mertz, die vermutlich in die Glut starrte. Melissa und Ari, die einander entdeckten.

Vater spürte es. «Wie gut wir uns sind», sagte er.

Zina spürte es auch. «Ohne einander könnten wir ebensogut tot sein. Das ist es doch, was das Gedicht ausdrückt, nicht wahr, Melissa?»

«Ja.»

Als wir zum Feuer zurückkehrten, saß nur noch Mr. Pondoro da. Mrs. Mertz war ins Bett gegangen. Mutter hatte sich, nachdem sie aufgewacht war, offenbar bei Mr. Pondoro erkundigt, wo die anderen seien. Er erzählte es ihr, aber sie glaubte ihm nicht. Sie sagte, sie wolle zum Gästehaus und selber nachschauen. Das war das letzte, was er von ihr gesehen hatte.

Damit war die Party zu Ende, aber die Nacht noch lange nicht. Ich wachte auf, ohne zu wissen, wie spät es war. Der Mond war verschwunden, im Zimmer war es dunkel. Blackheart schlief mit den Pfoten auf meiner Brust, er winselte im Traum. Jemand lag neben mir im Bett. Zunächst dachte ich, es wäre Mutter, die aus irgendwelchen Gründen glaubte, ich sei noch ein Baby. Dann war es Zina, die endlich verstand, wie sehr ich sie liebte. Doch es war Melissa. «Ist es dir recht, daß ich hier bin?» wisperte sie. Sie legte den Arm um mich und wir küßten uns. Blöderweise hatte ich beim Erwachen einen erotischen Traum gehabt. Ich konnte mich ebensowenig von Melissa abwenden, wie ich den Traum unterdrücken konnte. Sie roch so süß. Wir taten nichts außer Küssen, aber es passierte mir. Ich hielt sie fest, und wir küßten uns noch ein wenig. Dann schlief ich ein. Als ich am anderen Morgen erwachte, war sie verschwunden.

Nach dem Mittagessen brachten Vater und ich Melissa, Ari und Mr. Pondoro mit dem Boot in die Stadt zurück. Beim Anleger drückte Melissa meine Hand und flüsterte: «Schreib mir deine Gedanken.» Ari umarmte mich und flüsterte «Danke». Wofür glaubte er mir danken zu müssen?

Als wir zum Point zurückkamen, wäre ich am liebsten sofort zum Gästehaus gegangen, aber ich hielt mich bis später am Nachmittag zurück.

Zina war allein auf der Terrasse.

«Mischa, ich werde dir etwas über dich sagen. Du bist jetzt älter, als du es in ein paar Jahren sein wirst. Du wirst dann jünger sein und mehr Spaß am Leben haben. Warum zum Beispiel hast du Melissa von diesem Ari anmachen lassen?»

«Er hat sie nicht angemacht.»

«Mischa, ich war doch dabei. Ich hab es gesehen. Und du hast keinen Finger gerührt.»

«Melissa kam letzte Nacht in mein Zimmer. Sie kam in mein Bett.»

«Wirklich?»

«Ja.»

«Gut, Mischa», sagte sie verschlagen lächelnd. «Dann kann ich nur hoffen, daß du dich wie ein Gentleman benommen hast.»

«Ich war *kein* Gentleman.»

«Du verstehst mich nicht. Ich hoffe, du hast sie nicht unverrichteter Dinge weggeschickt. Das wäre nämlich nicht gentlemanlike gewesen.»

Sie gefiel sich so in ihrer Rolle, daß ich sie am liebsten geschlagen hätte. Ich rief Blackheart, und wir marschierten zum Haus zurück. Bellend und hüpfend rannte er neben mir her.

9 Über die Liebe

Am folgenden Nachmittag setzte Mr. Strangfeld Hillyer bei uns ab. Hillyer hatte einen stattlichen Körper mit einem irgendwie winzigen Kopf darauf. Er war fast eins neunzig und wog über achtzig Kilo, davon war der größte Teil Muskeln. Das war erstaunlich, denn er bewegte sich kaum. Mutter sah ihm fasziniert beim Essen zu. An diesem Abend hatte sie zwei Hähnchen gebraten, wovon Hillyer eines allein verzehrte. Vater hatte seinen Spaß daran, sich mit ihm von Mann zu Mann zu unterhalten. Das war wohl der Grund, warum er ihn fragte, ob die Jungen in der Schule sich Sorgen wegen Geschlechtskrankheiten machten.

«Wir halten uns an die Jungfrauen, Sir.»

Vater erkundigte sich, was passierte, wenn sie dann keine mehr seien.

«Dann tun wir neue auf, Sir.»

«Sind die Reserven denn unerschöpflich?»

«Wenn man weiß, wo man suchen muß, schon.»

«Und wo ist das?»

«Unter den jüngeren Mädchen, Sir. Unter den ganz jungen findet man immer welche.»

«Auch da muß es Grenzen geben.»

«Je jünger die Mädchen sind, um so mehr von uns verlieren das Interesse. Auf diese Weise übersteigt die Nachfrage nie das Angebot, wenn Sie verstehen, was ich meine, Sir.»

Am nächsten Morgen trieb trotz des klaren Wetters ein starker Wind den Sand vor sich her. Anstatt schwimmen zu gehen, segelten wir in der Bucht. Wenn der Wind vom Atlantik hereinkommt und ihn entsprechend aufwühlt, dann bläst er über den Point und strafft das Wasser in der Bucht. Wir vier waren genau das passende Gewicht für die Angela, sie legte sich richtig ins Zeug. Hillyer war ein guter Segler, und wir wechselten uns an der Pinne ab, auch Mutter.

Nach dem Mittagessen machten Hillyer, Blackheart und ich einen Spaziergang zur Spitze des Point. Außer dem Wrack der Rita M, die bei dem schweren Sturm von 1938 hier gestrandet war, gab es nichts zu sehen. Der Rumpf hatte bis zum Zweiten Weltkrieg einfach so auf dem Strand gelegen. Dann hatten Armeeingenieure an der Spitze des Point eine 600 Meter lange Mole aus Steinquadern errichtet, um die Erosion aufzuhalten. Seither lagerten die Gezeiten Sand an der Innenseite ab. So hatte der Strand sich allmählich aufgefüllt, und nun war das Wrack bis auf das ausgebleichte, seitlich aus dem Sand ragende Vorderdeck verschüttet.

Wir setzten uns neben das Wrack, Blackheart schnüffelte daran herum, hob das Bein und pinkelte. Hillyer holte Marihuana heraus. Auf einem völlig leeren Strand im prallen Sonnenlicht hat es eine ganz eigenartige Wirkung. Es gibt kaum etwas, woran das Auge sich festhalten kann. Wellen und Wolken werden auf einmal wichtig. Hillyer und ich suchten uns Lieblingswolken aus und diskutierten ihre Bedeutung, während sie vorüberzogen.

Es stellte sich heraus, daß Hillyers Freundin Rita hieß. Er sagte, zunächst hätte er gedacht, ich wolle ihn mit der Geschichte von dieser Rita M auf den Arm nehmen, doch dann merkte er, daß ich den Namen seiner Freundin ja gar nicht kannte. Er fand, das sei ein großartiger Zufall, und dieser Eindruck verstärkte sich mit jedem Zug. Ritas Brustwarzen, so erklärte er, seien wie die Drehknöpfe an einem Safe. Die derzeit gültige Kombination war zwei Drehungen nach links am rechten und drei Drehungen nach rechts am linken Knopf. «Aber die Kombination ändert sich ständig. Man muß sie immer neu herausfinden.»

Ich fragte ihn, ob er in Rita verliebt sei.

Er sagte, er glaube nicht an die Liebe, und wenn man nicht an sie glaube, könne man ihr auch nicht verfallen. «Es ist wie mit der Todsünde. Wenn man nicht an sie glaubt, kann man sie auch nicht begehen.» Hillyer war katholisch.

Ich wies darauf hin, daß sich diese Logik nicht auf alles anwenden ließ, zum Beispiel nicht auf Krankheiten. «Ich habe einen Test für dich», sagte ich. «Wenn du die Wahl hättest, deine Mutter von einem sinkenden Schiff zu retten, oder Rita, wen würdest du retten?»

«Meine Mutter nervt.»

«Dann nimm deinen Vater.»

«Nervt noch mehr.»

«Gibt es jemanden, den du anstelle von Rita retten würdest?»

«Hannah.»

«Wer ist Hannah?»

«Ben Fogartys Schwester.» Ben war in unserer Klasse.

«Warum gerade sie?»

«Hast du sie jemals zu Gesicht gekriegt? Wenn du sie gesehen hättest, würdest du sie auch retten.»

«Bist du in Hannah verliebt?»

«Ich *glaube* nicht an die Liebe.»

«Was soll das heißen, du glaubst nicht an die Liebe? Unterstellst du den Leuten, die behaupten, sie seien verliebt, daß sie sich ihre Gefühle bloß einbilden?»

«Häh?»

«Stell dich nicht so blöd.»

«Was ist denn Liebe?»

«Jedenfalls mehr als vögeln. Man ist gern mit diesem Menschen zusammen, hört ihm gern zu, denkt ständig an ihn. Alles, was ihm gehört, ist kostbar, ein Schuh, ein Taschentuch.»

«Rotz.»

«Was?»

«Rotz, Rotz», sagte er und wischte sich die Nase mit dem Handrücken.

«Ach, komm!»

«Wozu sollte Liebe gut sein?»

«Verliebt sein ist eine Art Ekstase.»

Er nahm einen Zug.

Dann zog ich und beschloß, ihm von Zina zu erzählen. Kaum hatte er ihren Namen gehört, trällerte er: «Zin-*a*! Hann-*ah*! Rit-*a*!» Wir mußten furchtbar lachen. Um uns abzukühlen, wateten wir ins Wasser, Hillyer fiel hin, und wieder konnten wir uns nicht halten vor Lachen.

Jeder Ausflug zur Spitze des Point endete mit einer Kletterpartie. Die Felsen waren die Basaltbrocken der Mole, die die Armeeingenieure von den Kliffs der Festlandküste weggesprengt hatten. Sie waren gute zwei Meter breit, und man konnte die Bohrlöcher erkennen, in die sie die Sprengladungen gesetzt hatten. Die Ingenieure hatten die Brocken mit einer Schmalspureisenbahn transportiert, die entlang der Baustelle auf einem Gerüst montiert war. Ihre Stützpfeiler ragten noch aus dem Wasser. Nach rauher See oder starkem Regen waren die Algen auf den Felsen vollgesogen und glitschig.

Immer wieder passierte es, daß Angler vom Festland den Halt verloren und ertranken. Die beste Art, über die Felsen zu kommen, ob trocken oder naß, war barfuß. Kräftige, bewegliche Zehen erleichterten das Einkrallen. An jenem Tag waren die Felsen heiß und trocken. Die Algen klebten flach auf den Steinen und gaben uns Halt.

Aber selbst die trockenen Felsen konnten gefährlich sein. Ziemlich am Ende kam eine Stelle, die Drei-Felsen-Kante genannt wurde. Dort waren die Steinquader schlecht zusammengefügt, so daß sie zackig aufragten, statt ebene Flächen zu bilden. Um diese Stelle zu passieren, mußte man mit gespreizten Beinen gehen, die Kanten zwischen den Knien. Beim ersten Mal war Vater vor mir gewesen. Er ging rückwärts, um es mir vorzumachen, aber ich ging nicht aufrecht, sondern saß rittlings auf der Kante und schob mich stückweise vor. Ich fürchtete, Vater würde von mir enttäuscht sein, doch er drückte meine Schulter. Auf dem Rückweg schaffte ich es aufrecht. In jenem Sommer war ich acht.

Als wir diesmal die Drei-Felsen-Kante erreichten, gelang es mir nicht, Hillyer zum Weitergehen zu bewegen. Mir kam der Gedanke, daß seine Vorsicht etwas mit seinem Leugnen der Liebe zu tun hatte. Auch hatte er keinen Vater, wie ich einen hatte. Blackheart versuchte erst gar nicht, die Drei-Felsen-Kante zu passieren. Er postierte sich auf dem letzten flachen Felsen und winselte, bis ich zurückkam. Er freute sich, daß er heute die Gesellschaft eines weiteren Feiglings hatte.

Beim Abendessen fragte Hillyer meinen Vater, ob er an die Liebe glaube, und bezog dann auch Mutter in die Frage mit ein: «Und Sie, Ma'am?»

«Romantische Liebe?» sagte Vater.

«Ja, Sir.»

«Warum fragst du?»

Vater dachte wohl, das sei der Auftakt zu einer von Hillyers üblichen Betrachtungen.

«Weil Michael daran glaubt, und ich nicht.»

«Willst du wissen, ob ich an ihre Existenz glaube, oder ob ich sie empfehle?

«Beides, Sir.»

«Viele behaupten zumindest, sie hätten sie verspürt.»

«Und wie ist das bei Ihnen, Sir?»

«Hillyer, wie könnte ich deine Frage negativ beantworten, wo meine liebe Frau hier neben mir sitzt. Genausowenig würde ich es dir verraten, wenn ich sie mehrfach verspürt hätte. Aber die Antwort ist natürlich ja.»

Vater schien enttäuscht, als sich der Dialog nicht weiter fortspann. Offenbar hatte Hillyer tatsächlich nur Vaters Meinung hören wollen.

Nach dem Essen griff Vater sich ein Buch und zog sich aufs Sofa zurück. Hillyer verkündete, er wolle den Abwasch machen. Mutter sagte, er könne allenfalls abtrocknen. Ich ging mit Blackheart zum Wasser hinunter. Jeden Abend nahm ich das Meer in Augenschein. Heute war es ungewöhnlich ruhig. Kleine Wellen liefen still auf den Strand. An solchen Sommerabenden ohne Wind hatte ich immer das Gefühl, der Atlantik sei nicht echt. Wie konnte ein so gewaltig großer Körper derart zarte Fingerspitzen haben?

Ich hörte Zina nicht kommen und erschrak, als ihre Hand sich auf meine Schulter legte. Die Dämmerung färbte ihr Gesicht blau und rosa. Einen Augenblick lang hätte ich sie küssen können. Ich weiß nicht, warum ich es nicht tat. Es wäre der perfekte Akt der Liebe gewesen. Sie bückte sich, hob eine Muschel auf und ließ sie, mit der Öffnung nach oben, übers

Wasser schnellen. Zweimal hüpfte sie, hielt sich einen Moment an der Oberfläche und sank. Ich warf eine mit der Öffnung nach unten; sie schwebte auf der eingeschlossenen Luft, kippte und glitt ins Wasser. Möwen, die sich etwas Eßbares erhofften, kreisten über uns. Zina nahm mich wie ein Kind bei der Hand und sagte, den Blick auf meine Hand gerichtet: «Du bist mir aus dem Weg gegangen. Du bist böse auf mich.»

Ich stritt es ab.

«Ich will versuchen, dir etwas zu erklären, Mischa. Du magst es zwar nicht, wenn ich über Melissa spreche, aber ich möchte dir sagen, daß sie mir am Anfang leid getan hat. Als du mir dann von der Nacht nach der Party erzählt hast, habe ich gemerkt, daß sie ihre Interessen sehr wohl selber vertreten kann. Du bist es, um den ich mich hätte sorgen müssen. Ich sage ja nicht, daß du Melissa dankbar sein sollst, aber ich finde, du solltest nicht alle Brücken abbrechen. Gib dir eine Chance, gib Melissa eine Chance. Du magst es jetzt anders sehen – Hör mir zu! Schau nicht weg! –, aber vielleicht möchtest du das, was du in dieser Nacht getan hast, irgendwann mal wiederholen. Brich die Brücken nicht ab, mehr verlange ich gar nicht. Deshalb mußt du doch nicht gleich beleidigt sein.»

«Aber ich *will* es nicht noch einmal tun.»

«Vielleicht nicht jetzt.»

«Weder jetzt noch irgendwann. Du willst mich bloß loswerden.»

«*Nein*, Mischa! Also gut, kein Wort mehr. Aber versprich mir, daß du mir nicht böse bist. Ich versuche nur, dir zu helfen. Sag, daß du mir nicht böse bist.»

Ich gab auf. «Komm mit zu mir. Ich stelle dir einen Schulfreund vor», war alles, was ich erwidern konnte.

Als wir barfuß durch den weichen Sand liefen, griff sie wieder nach meiner Hand. «Zur Zeit passiert eine Menge mit dir. Paß gut auf dich auf.»

Wie soll ich das wohl anstellen, dachte ich.

Alle waren auf der vorderen Veranda. «Ah, Sie haben ihn gefunden», sagte Mutter.

Mrs. Mertz war auch da. Ihre Augen glitzerten, als sie an der Zigarette zog. Sie sah aus wie ein Vampir. «Also, ich persönlich finde es ganz hinreißend, und zwar in jeder Phase, bis zum bitteren Ende. Verliebt sein ist wie eine Tour entlang der kalifornischen Küste. Es gibt einem die Illusion, daß doch noch alles gut wird.»

«Und wenn es dann vorbei ist?» fragte Mutter.

«Der Trick ist, gleich wieder von vorne anzufangen, und zwar sofort.»

«Wollen Sie damit sagen, daß man sich vorsätzlich verlieben kann?»

«Die Stimmung macht's, man muß in der richtigen *Verfassung* sein. Wenn man die Liebe sucht, findet sie einen.»

«Das klingt wie läufig sein», bemerkte Mutter. «Wie kann man so etwas absichtlich herbeiführen. Schließlich gehören zwei dazu.»

«Natürlich.» Mrs. Mertz legte eine Pause ein, um einen Schluck von ihrem Drink zu nehmen. «Lassen Sie es mich so formulieren: Entweder man besitzt diese Gabe von Geburt an, oder man besitzt sie nicht.»

«Trotzdem sehe ich nicht, warum das so erstrebenswert sein soll. Ist es denn gut, verletzlich zu sein?»

«Ist es gut, ein Risiko einzugehen? Wer nicht wagt, gewinnt nicht. Liebe ist wie Butter, mit ihr schmeckt alles besser.»

Aus seiner Ecke heraus, in der er in einem Sessel versunken

saß, wandte Hillyer sich an Vater: «Sie haben mir immer noch nicht gesagt, Sir, ob Sie die Liebe empfehlen können.»

«Ich empfehle sie der Menschheit, Hillyer, aber nicht jedem einzelnen. Die Liebe und ihre wunderbaren Wege sind eine Entschädigung für das Menschsein. Ich schätze, es hat Zeiten gegeben, da hätte nicht viel gefehlt, und das Unternehmen Mensch wäre gescheitert. Wir haben allen Trost nötig, dessen wir habhaft werden können. Was meinen Sie, Zina?»

«Was meine Mutter da beschreibt, klingt zwar angenehm, aber es klingt nicht nach Liebe.»

«Aha!» äußerte Mutter befriedigt.

«Sprechen Sie aus Erfahrung?» fragte Vater.

Zina schwieg.

«Nun?»

«Vielleicht mag Zina dir das nicht erzählen», sagte Mutter. «Ich finde nicht, daß die Liebe eine Entschädigung für das Menschsein ist. Sie ist Teil des Menschseins. Manchmal klappt es und manchmal nicht, wie so vieles im Leben. Ganz bestimmt aber ist sie eine Selbsttäuschung. Der Geliebte kann den Erwartungen nicht gerecht werden, und wenn die Liebe über die Enttäuschung hinaus weiterbesteht, wird sie zur Falle.»

Ich sagte: «Warum erfüllt der Geliebte die Erwartungen nicht?»

«Weil die Erwartungen hoch sind, und der Geliebte seine Schwächen hat.» Sie wandte sich an Vater: «Sag es ihm!»

Als Vater stumm blieb, sagte sie noch einmal: «*Sag* es ihm!»

«Ich gebe dir recht», war alles, was er erwiderte.

Danach blieben alle still, und nach einer Weile sagte Mutter: «Gehen wir hinein, weg von den Mücken.»

Es waren gar keine Mücken da. Mrs. Mertz und Zina verabschiedeten sich und gingen ins Gästehaus hinüber. Wir anderen ließen uns drinnen nieder. Mutter mixte Drinks für Vater und sich.

«Hillyer, wenn du weiter über die Liebe sprechen möchtest, dann tu dir keinen Zwang an», sagte sie.

«Nein, Ma'am. Sie und Mrs. Mertz haben alles erschöpfend erklärt.»

Das erheiterte Mutter, und das Thema war damit beendet. Wir spielten Scrabble, und später, als wir hinaufgingen, sagte Hillyer, daß er Zina noch vor Hannah retten würde. «Zin-*a!* Zin-*a!* Zin-*a!*» trällerte er.

10 Auf Abwegen

Am nächsten Morgen wachte ich spät auf. Mutter und Hillyer waren beim Frühstück. Als ich in die Küche kam, unterbrachen sie ihre Unterhaltung. Ich erkundigte mich, wo Vater sei. Mr. Strangfeld hatte ihn zusammen mit Zina und Mrs. Mertz abgeholt. Es ärgerte mich, daß Zina mir nichts von ihren Plänen erzählt hatte.

Ich fragte Mutter, warum Zina und Mrs. Mertz in die Stadt gefahren seien.

Sie sagte, das wisse sie nicht.

Dann fragte ich, wann sie zurückkämen.

«Ich habe keine Ahnung, Michael.»

«Und wann wird Vater zurück sein?»

«Morgen.»

«Mußte er ins Büro?»

«Du kannst sie das alles selber fragen, wenn sie zurück sind. Ich bin schließlich nicht ihre Sekretärin.»

Da schlug Hillyer auf einmal vor, ich solle doch mit ihm in die Stadt fahren und bei ihm übernachten. Ich hatte erwartet, daß Mutter Einspruch erheben würde, aber sie war einverstanden. Später, als wir allein waren, fragte ich Hillyer, worüber sie geredet hätten.

«Über dich.»

«Ich hab's gewußt. Und worüber genau?»

«Sie wollte wissen, wie's mit dir und Zina steht.»

«Denkt sie, da läuft was?»

«Sie denkt, du wirst dich unglücklich machen.»

«Und was noch?»

«Sie hat mich gebeten, dich in die Stadt einzuladen.»

«Sie hofft wohl, du würdest mich auf Abwege bringen und von Zina ablenken.»

«So war der Plan.»

«Meine eigene Mutter.» Irgendwie amüsierte mich der Gedanke.

Etwa um sechs waren wir bei Hillyer zu Hause. Immer wieder war ich beeindruckt von dem riesigen Wohnzimmer mit den vielen Fenstern und der hohen Decke. Die untere Hälfte der Fenster bestand aus normalen Scheiben, die obere aus buntem Glas. Wenn die Morgensonne hindurchschien, sah der Raum aus wie ein Kaleidoskop.

Hillyer bestellte telefonisch Pizza «mit allem».

«Keine Anschovis», rief ich.

«Keine Anschovis», wiederholte er.

Dann rief er Rita an. Er machte mit ihr aus, daß sie später, zusammen mit einer Freundin für mich, vorbeikommen sollte. Nach der Pizza suchte ich «Mertz» im Telefonbuch. Die Adresse lag zehn Minuten von Hillyer entfernt. Ich rief an – besetzt.

«Ich gehe mal eben hinüber und sage Hallo. Bin gleich zurück.»

Zinas Haus war ein umgebautes Kutschenhaus, das in einer Straße mit vielen Bäumen unmittelbar am Wasser lag. Eher Zinas Geschmack als der von Mrs. Mertz. Ein Mann mit Tweed-Jackett und wässrigen, blauen Augen öffnete.

«Ich bin ein Freund von Zina», stellte ich mich vor.

«Ich auch. Kommen Sie herein. Sie ist nicht da. Mrs. Mertz schminkt sich gerade. Ich heiße Jack Packard.»

«Mischa, welch eine Überraschung! Wie absolut unglaublich reizend, dich zu sehen!» Im roten Kimono stand Mrs. Mertz in der Wohnzimmertür. «Das ist Jack Packard. Mischa wohnt neben uns am Strand. Wenn mein Lippenstift nicht wäre, würde ich dir einen dicken Kuß geben, aber du darfst herkommen und mich auf die Wange küssen. Mach uns einen Drink, Jack! Und laß dich von Mischas jugendlicher Erscheinung nicht täuschen. Was möchtest du, Mischa? Wodka? Pur, dasselbe für mich. Heute ist wirklich was los. Eben hat Zinas Vater aus Europa angerufen. Wie aufregend doch so ein Anruf von weit her ist! Zina ist nicht da. Ich weiß schon, daß du nicht wegen mir alter Schachtel gekommen bist.»

«Ich wollte Sie beide besuchen, Mrs. Mertz.»

«Wie artig von dir! Nun mußt du mit mir vorliebnehmen. Jack und ich gehen zusammen essen. Wir können uns noch den ganzen Abend unterhalten. Komm doch herein und leiste mir Gesellschaft, während ich mich zurechtmache. Und, Jack, nachdem du uns die Drinks serviert hast, bleibst du bitte hier draußen. Mischa und ich haben etwas zu besprechen. Komm, Mischa!»

Das Schlafzimmer entsprach ganz Mrs. Mertz' Stil: eine Frisierkommode mit Spiegel und geblümtem Volant, ein gepolsterter Stuhl mit hoher Rückenlehne, den sie mir zuwies, ein ungemachtes Bett mit rosa Laken und der Duft von Parfüm und Kosmetika.

Sie verschwand im Bad, ließ aber die Türe offen und redete von dort weiter. «Warum bist du heute morgen nicht mit uns gefahren?»

«Ich wußte nichts davon. Geht Zina auch mit zum Essen?»

«Nein. Triffst du deinen Vater zum Abendessen?»

«Nein. Keine Ahnung, was er vorhat. Fahren Sie und Zina morgen wieder zurück?»

«Ich schon, was Zina macht, weiß ich nicht. Dein Vater holt mich gegen Mittag ab. Muß er geschäftlich in die Stadt?»

«Meistens. Ist Zina mit jemandem verabredet?»

«Zwanzigjährige Töchter erzählen ihren Müttern so wenig wie möglich. Ist deine Mutter auch mitgekommen?»

«Nein. Zina hat mir erzählt, sie sei einundzwanzig.»

«Sie wird einundzwanzig. Deine Mutter wird nicht begeistert sein, so alleine da draußen.»

«Es macht ihr nichts aus, solange es nicht zu oft passiert. Ist Zina mitgekommen, weil sie nicht allein bleiben wollte?»

«Dein Vater sagte, er sei Versicherungsagent. Was genau ist das?»

«Er sucht die richtige Gesellschaft für einen Kunden, und die richtigen Kunden für eine Gesellschaft. Er selber schließt keine Versicherungen ab, er ist ein Berater mit eigener Firma.» So ging es die ganze Zeit. Sie wollte über meinen Vater reden, ich über ihre Tochter. «Sind die Photos da an der Wand von Zina?»

Jede Schwarzweißaufnahme – es waren zehn – zeigte eine Vase scharf im Vordergrund und Teile eines weiblichen Aktes unscharf dahinter. Der Witz daran war, wie geschickt Linien und Flächen gegeneinander gesetzt waren.

«Ja, die sind von Zina.» Mrs. Mertz steckte ihren Kopf aus der Badezimmertür. «Erkennst du den Körper?»

«Zina?»

«Aber nein, Darling. Moi. Jetzt wirst du rot, hoffe ich.» Sie verschwand.

Ich wurde rot. Nicht, weil die Person auf den Bildern Mrs. Mertz war, sondern weil ich gedacht hatte, es wäre Zina.

Mr. Packard brachte unsere Drinks, er gab mir meinen und reichte den von Mrs. Mertz blind ins Badezimmer hinein.

«Du kannst ruhig schauen, Jack. Mischa da draußen hat mehr oder weniger dasselbe im Blickfeld.»

Sie kam heraus, immer noch im Kimono. Nichts hatte sich verändert, außer daß sie barfuß war. Sie nahm ein kleines Schwarzes aus dem Schrank und sagte: «Haltet euch die Augen zu!» Eine Minute später rief sie: «Augen auf!» Das Kleid war glänzend und hauteng, ansonsten ganz schlicht. Dazu trug sie Perlen und schwarze, hochhackige Schuhe. Mit den Händen in den Hüften posierte sie vor uns, behielt dabei aber mich im Auge. «Wie lautet das Urteil?»

«Unschuldig.»

«Das wohl kaum. Mischa, ich kann dir genau sagen, was in deinem Kopf vorgeht. Du denkst, Zina in Jeans sieht besser aus. Stimmt's?»

Ich nickte. Warum auch nicht, sie hatte recht.

«Du denkst ... du fragst dich, ob einmal eine Zeit kommen wird, in der du Frauen in dieser Art Kleidung mögen wirst.»

Sie hatte meine Gedanken erraten.

«Und was noch? Den Rest mußt du mir verraten. Du brauchst ja nicht beleidigend zu werden, aber da *ist* noch etwas.»

«Hundert Mal habe ich meine Mutter abends ausgehen sehen, und nicht ein einziges Mal hat sie so gut ausgesehen wie Sie jetzt. Das habe ich gedacht.»

«Du *bist* ein Charmeur.»

«Es ist wahr.»

«Das schon, aber trotzdem denkst du, daß dir das Aussehen deiner Mutter lieber ist. Sag jetzt nichts! Es ist einfach zu kompliziert. Komm mit. Wir setzen dich ab, wo du willst.»

Bei Hillyer öffnete mir Melissa die Tür.

Sie hatte offenbar versucht, mich auf dem Point zu erreichen, und Mutter hatte ihr erzählt, wo ich war. Daraufhin hatte Melissa bei Hillyer angerufen und sich eingeladen. Hillyer hatte Rita verständigt, damit sie ihrer Freundin absagte.

Hillyer und Rita tanzten im Wohnzimmer. Ich war überrascht, wie zierlich sie war. Sie winkte mir zu und sagte Hi, dann tanzten die beiden weiter.

Melissa und ich tanzten auch. Ich konnte mir nicht verkneifen zu denken, wie besser doch Rita, klein wie sie war, zu mir gepaßt hätte, und die kräftige Melissa zu Hillyer. Garantiert sahen wir aus wie aus einem Witzfilm. Melissa roch gut, so wie damals nach der Party. Wir tanzten aus dem Wohnzimmer, den Gang hinunter, und in eines der Schlafzimmer. Ich wußte nicht einmal, wessen Zimmer es war. Wir schlossen die Tür und legten uns aufs Bett. Zweimal machten wir es. Dazwischen erzählte mir Melissa, daß ihr Vater Alkoholprobleme habe. Er könne nicht schlafen und hätte geplatzte Äderchen an der Nase. Dann sagte sie, sie sei mit Ari im Kino gewesen, und fragte, ob mir das etwas ausmache. Es sei mir egal, sagte ich, solange nichts gewesen sei zwischen ihnen. Es sei nichts gewesen und es würde auch nichts passieren, beteuerte sie. Ich war versucht, ihr zu sagen, sie solle keine Rücksichten nehmen und sich amüsieren, so wie Zina es mit mir gemacht hatte, aber das wäre unhöflich gewesen.

Melissa hatte glatte, weiche Haut, und wenn sie neben mir lag, wirkte sie gar nicht mehr so kräftig. Mit ihrer schönen Stimme sang sie mir Beatles-Songs vor, und ich empfand echte Zuneigung zu ihr. Ich konnte nicht verstehen, wieso ich nicht irritiert war. Selbst wenn der Pakt mit Zina nur in meinem Kopf existierte, hatte ich ihn nicht dennoch gebrochen? Dann merkte ich, daß ich ja genau das getan hatte, was Zina mir nahegelegt hatte. Ich gehorchte ihr.

Ich lag auf dem Bauch, das Gesicht von Melissa abgewandt. Ihr Kopf war gegen meine Schulter gepreßt, ein Arm lag quer über meinem Rücken. Ich versuchte mir vorzustellen, sie sei Zina, aber es gelang mir nicht. Melissa lag still und zufrieden da. Zina wäre jetzt wahrscheinlich redend auf und ab gegangen. Dann versuchte ich mir vorzustellen, wo sie in diesem Moment war. Ich sah sie an einem Tisch sitzen. Wer bei ihr war, konnte ich nicht sehen – es war wie in einem Traum, der einem nur Bekanntes zeigt –, aber ich sah die braunen Augen und die geschwungenen Lippen. Ich versuchte zu hören, was sie sagte, aber es drangen nur Sachen durch, die sie mir schon einmal erzählt hatte. Dann schlief ich ein. Melissa weckte mich. Sie mußte gehen. Ich war froh, daß ich keine Abneigung gegen sie empfand. Ich fühlte mich sogar irgendwie verantwortlich für sie. Wieder gehorchte ich Zina.

Keine Spur von Rita und Hillyer. Ich ließ die Haustüre angelehnt und brachte Melissa nach Hause. Wir machten einen Umweg am Wasser entlang. Die Nacht war klar und trocken, die Temperatur gerade richtig, so daß man sich nackt genauso wohl gefühlt hätte wie angezogen. Der Mond war eine schmale, helle Sichel. Wir gingen untergehakt, und manchmal preßte Melissa ihre Brust gegen meinen Arm.

«Weißt du», sagte sie, «es macht mir nichts aus, wenn du mich nicht liebst.»

Ich schwieg.

«Es ist mir nicht gleichgültig, aber es macht nichts.»

«Muß man jemanden lieben, um mit ihm ins Bett zu gehen?»

«Ich schon, aber du nicht. Ist das in Ordnung, Michael?»

«Wäre es denn schöner, wenn der andere auch verliebt wäre?»
«Natürlich.»
«Was ist anders, wenn der andere einen liebt?»
«Dann geht er nicht fort.»

11 Beschütze mich

Am nächsten Morgen machte Hillyer heißes Wasser in der Küche und kratzte sich mit beiden Händen den Bauch.

«Ihr beide seid einfach verschwunden», sagte er. «Rita war schockiert.»

«Sie ist nett.»

«Woher willst du das wissen? Ihr habt euch doch nur Hallo und Gute Nacht gesagt. Wie ist es gelaufen?»

«Ganz gut.»

«So, nur ganz gut», sagte er und setzte seine Stimme einen Ton tiefer. «Wir dagegen waren in Bestform.»

«Wart ihr hier, als ich Melissa heimgebracht habe?»

«Ich habe euch gehen gehört. Genauer gesagt, war ich in diesem Moment gerade *in situ*... Nichts Eßbares in diesem Haus.»

Wir beschlossen, bei mir zu frühstücken. «Aber ich muß zuerst anrufen. Könnte sein, daß Vater da ist.»

«Dein Vater ist Spitze.»

Hillyer war so deprimiert über die Trennung seiner Eltern, daß ich mich entschloß, ihn wissen zu lassen, daß die Dinge auch anderswo nicht unbedingt zum Besten standen. «Ich muß anrufen, weil er womöglich auch gerade *in situ* ist», sagte ich.

«Wußte nicht, daß er selbst auf Abwegen ist.»

«Tja.»

«Immerhin macht er's zu Hause. Dir scheint das ziemlich egal zu sein.»

«Er hat mir erklärt, die Tatsache, daß Menschen sich lieben, grenze ans Wunderbare, da sie aus nichts etwas machen. Wenn er also unbedingt aus nichts etwas machen will, so ist das seine Sache. Wieso soll ich mich darüber aufregen?»

«Genau. Hauptsache, es kommt ihm keiner drauf. Bloß, wenn sie ihm draufkommen – ich meine deine alte Dame –, dann hat er nichts aus etwas gemacht.»

«Ist das bei deinem Vater so gelaufen?»

«Tja.»

Ich rief in unserer Wohnung an. Vater war noch da und eben auf dem Sprung ins Büro. Er wußte nicht, daß ich in der Stadt war. «Du mußt mir unbedingt Bescheid sagen, wenn du herkommst», sagte er. Und dann in unverfänglicherem Ton: «Wir hätten zusammen essen können.»

«Das ging nicht. Ich war *in situ.*»

«In was?» Dann kapierte er. «Jemand, den ich kenne?»

«Die Lippen eines Gentleman sind versiegelt.»

«Völlig richtig.»

Ich fragte, wie er auf den Point zurückkäme, und er schlug vor, mich vor dem Haus abzuholen.

Pünktlich fuhr er vor. Mrs. Mertz saß neben ihm, Zina hinten. Ich setzte mich zu ihr auf den Rücksitz. Sie nahm meine Hand und drückte sie. Vater schickte mir durch den Rückspiegel sein breites Lächeln, während Mrs. Mertz ununterbrochen redete. Es dauerte eine Weile, bis ich merkte, daß sie von einer kürzlich unternommenen Reise nach Rußland sprach.

«Natürlich geht es den Leuten dort schlecht. Die Italiener essen, die Franzosen reden, die Deutschen machen, und die Russen leiden. Das ist ihre große Stärke, und jetzt haben sie keine Kultur mehr, die sie vor dem Leid schützt. Keine Kochkunst, keine Etikette. Jeder möchte bloß noch weg. Sie sollten die Huren sehen, die sich für harte Währung in den Touristenhotels verkaufen. Ausgesprochen attraktive Huren. Ein Blick auf sie sagt einem, daß die Russen die Blüte ihrer Weiblichkeit der Prostitution preisgeben.»

«Ich wollte dich gestern abend besuchen», flüsterte ich Zina zu.

«Mutter hat es erzählt.»

Ich wartete, ob sie sagen würde, wo sie gewesen war, aber sie tat es nicht.

«Ich fragte eines der Mädchen», fuhr Mrs. Mertz fort, «welche Nationalität sie bevorzuge. ‹Die Japsen›, sagte die, ‹die zahlen gut und sind schnell fertig.›»

Mrs. Mertz meinte wohl, Vater fände das lustig, aber ich sah an seinem höflichen Nicken, daß dem nicht so war. Ich meinerseits hatte nicht erwartet, Zina auf der Rückfahrt zu begegnen, und war angenehm überrascht. Von Zeit zu Zeit berührte sie meine Hand.

Wir stellten den Wagen am Bahnhof ab, wo Mr. Strangfeld uns mit seinem Beach-Buggy erwartete. Vater stieg vorne ein, und Mrs. Mertz quetschte sich mit Zina und mir auf die Rückbank. Sie redete immer noch, aber es hörte ihr keiner mehr zu außer Mr. Strangfeld, der ein gelegentliches *«Ja!»* einwarf.

Schließlich sagte Mrs. Mertz etwas auf Deutsch zu ihm, das ihm zu gefallen schien. *«Ja, ja, ja!»* sagte er.

Auf dem harten Sandstreifen stiegen wir aus, und als wir durch den weichen Sand zum Haus hinaufstapften, fing Blackheart hinter der Fliegengittertür zu bellen an. Dort stand Mutter und sah uns entgegen. Sie ließ Blackheart heraus, blieb aber selbst im Haus. Vater gab Mrs. Mertz einen Abschiedskuß auf die Wange. Das war ein Fehler. Als wir ankamen, war Mutter verschwunden. Wir zogen uns um und gingen schwimmen. Der Atlantik war in Spätnachmittagslaune, kühl und glatt. Ich hatte das Gefühl, daß wir beide ganz bewußt das Thema Stadt vermieden.

Beim Abendessen rückte Mutter dann heraus damit: «Nun, hast du alles erledigt, was du erledigen wolltest?» fragte sie Vater.

«So ziemlich.»

«Und hat Mrs. Mertz alles erledigt, was sie erledigen wollte?»

Vater bedachte sie mit einem spöttisch fragenden Blick.

«Ich habe dir eine Frage gestellt.»

«Und ich weiß die Antwort nicht.»

«Ich bin gestern abend bei den Mertzens gewesen, und Mrs. Mertz ist mit einem Mann namens Jack Packard zum Essen gegangen», sagte ich.

«Würdest du sagen, sie hat erledigt, was sie erledigen wollte?» fragte mich Vater.

«Das nehme ich an. Zina war nicht da.»

Mutter starrte einen Moment lang auf ihren Teller. Wir schwiegen. Dann brach sie in Tränen aus. Vater gab mir zu verstehen, daß ich sie allein lassen sollte, und ich ging in mein Zimmer.

Was Vater auch angestellt haben mochte, ich kann mich nicht erinnern, sonderlich böse auf ihn gewesen zu sein. Wahrscheinlich nahm ich die Probleme zwischen ihm und Mutter nicht wirklich ernst. Am nächsten Morgen war sie denn auch bester Laune, und das, obwohl es regnete. Vater hatte sie wieder einmal besänftigt. Blackheart lag vor dem Herd auf dem

Bauch. Er hatte alles genau im Blick und war auf Unterhaltung aus. Mutter fragte, was ich zum Frühstück wolle.

Da erschien Zina in der Küchentür. «Darf Mischa zum Spielen raus?»

«Aber natürlich», sagte ich.

«Zina hat mich gefragt», erwiderte Mutter, «und du hast noch nichts gegessen. Kommen Sie herein, meine Liebe. Haben Sie denn schon gefrühstückt?»

«Draußen ist so ein herrlicher, warmer Regen, den ich nicht verpassen will.»

Ich nahm ein Stück Sandkuchen und warf Mutter einen scherzhaft flehenden Blick zu.

«Na, geh schon!» sagte sie. Sie hatte wirklich gute Laune. Blackheart war sofort auf den Beinen.

Meine erste Erfahrung mit warmem Regen machte ich im Alter von fünf. Vater hatte mich vom Boot, das in der Bucht lag, an Land und über den Point nach Hause getragen. Als wir in der Bucht segelten, setzte Regen ein, und der Himmel verfärbte sich gelb, so wie jetzt. Bei mäßigem Wind waren wir auf die Küste zugekreuzt, und ich hatte mich am Großbaum aufgeschürft. Es war harmlos, aber Vater trug mich nach Hause wie ein Baby. Ich weiß noch, wie ich in den gelben Himmel hinaufschaute und den warmen Regen schön fand.

Jetzt ging ich mit Zina am Wasser entlang. Auch der Atlantik hatte eine gelbliche Färbung angenommen. Zina trug eine weiße Baumwollbluse, die bald naß war und ihre Brüste abzeichnete. Ich schaute nicht direkt hin, aber ich konnte sie sehen. Sie standen nicht weit vor, waren aber dennoch groß. Bei jedem anderen Mädchen hätte mich das sicher sehr erregt, doch bei Zina war es anders. Meine Gefühle für sie hatten zwar auch mit Sex zu tun, aber die ganze Sache war unendlich viel wichtiger als nur das.

Die Wasseroberfläche wurde vom fallenden Regen niedergehalten und mit Pockennarben übersät. Wir teilten uns den Kuchen. Sie leckte die Krümel zuerst von den eigenen Fingern, dann von meinen. Ich erzählte ihr, wie mein Vater mich durch den Regen getragen hatte. Verblüffenderweise bestand auch ihre erste Erinnerung an warmen Regen darin, daß sie an der Hand ihres Vaters bei Ebbe am Strand entlangging, und zwar auf der französischen Ferieninsel Île de Ré.

«War der Himmel gelb?»

«Ich glaube schon. Woran ich mich am besten erinnere, ist das Gefühl von Sicherheit. Wir sind weit hinausgelaufen. Das Wasser schien überhaupt nicht tief zu werden. Mein Vater sagte, die Flut käme sehr schnell und wir müßten aufpassen. Ich glaube, er sagte das, um es ein bißchen spannend zu machen, aber ich hatte keine Angst. Ich fühlte mich einfach sicher. Du bist nie in Europa gewesen?»

«Bloß bei meiner Geburt.»

«Wie gerne würde ich es dir zeigen! Wenn Amerikaner zum ersten Mal nach Europa kommen, ist das wie die erste Liebe. Sie vergessen es nie. Amerikaner denken immer, sie hätten alles erfunden, dabei kommt es in Wirklichkeit aus Europa, die Gebäude, die Möbel, die Sprache. Wir könnten eine Woche in London bleiben und jeden Abend ins Theater gehen. Dann eine Woche Paris. Von dort würden wir den Nachtzug nach Rom nehmen, aber wir würden nicht schlafen, sondern uns die Alpen bei Mondschein anschauen.»

«Meinst du, wir könnten wirklich fahren? Wenn ich zu Vater ginge und ihm sagte, wir wollten nach Europa, und er wäre einverstanden, würden wir dann fahren?»

«Das wäre großartig! Und es würde mir helfen.»
«Wie meinst du das?»
«Mischa, du mußt mich beschützen.»
«Wie meinst du das?»
«Ich bin in Gefahr.»
«Was für eine Gefahr?»
«Du mußt mich beschützen.»
«Natürlich beschütze ich dich. Ich liebe dich doch.»
«Das weiß ich. Deshalb kann ich dich ja bitten.»
«Was bedroht dich denn?»
«Du weißt, ich bin ein sehr beherrschter Mensch.»
«Ja», sagte ich, obgleich ich mir da nicht so sicher war.
«Aber jetzt verliere ich die Beherrschung.»
«Worüber?»
«Über mich.»
«Wie das?»
«Mischa, du mußt mich einfach beschützen.» Sie legte ihre Hand auf meinen Mund und zog mich zu sich heran, dann zog sie die Hand weg, wie damals das Blatt, und küßte mich auf die Lippen.

Was erwartete sie von mir? Der einzige Reim, den ich mir darauf machen konnte, war, daß sie psychische Probleme hatte.

Abends – der Regen hatte mittlerweile aufgehört – fragte ich Vater, ob er mit mir an den Strand käme, und erzählte ihm von Zina. Ich dachte, er könnte vielleicht mit Mrs. Mertz sprechen und ihr einen Arzt empfehlen. Er sagte, es müßten nicht unbedingt psychische Probleme sein, alles sei denkbar.

«Vielleicht solltest *du* mit ihr reden», sagte ich. «Vielleicht würde sie *dir* erzählen, was mit ihr los ist, und wir könnten ihr helfen.»

Er sagte, er würde vielleicht mit ihr sprechen, und ich fühlte mich besser. Aber in der Nacht hatte ich einen Traum. Ich stand in einem fremden Land auf einem Bahnsteig. Zina war in einem abfahrenden Zug und versuchte, mir durchs Fenster etwas zu sagen. Doch ich konnte sie nicht hören. Ich wollte auf den Zug aufspringen, doch er fuhr schon zu schnell. Als ich erwachte, wußte ich, was es war. Sie hatte sich verliebt.

Nach dem Frühstück erwischte ich Vater allein. Ich erzählte ihm meinen Traum, und was er meiner Meinung nach bedeutete. Er nickte nur und antwortete nicht.

Im Laufe des Vormittags kam Zina mit Sonya vorbei und fragte, ob sie Blackheart mitnehmen dürfe. Ich rief ihn und er rannte los, immer wieder zurückschauend, ob ich auch mitkäme. Sobald sie außer Sicht waren, ging ich zum Gästehaus hinüber. Mrs. Mertz sonnte sich auf der Terrasse. «Hallo, Mischa-Darling. Zina ist spazierengegangen.»

«Ich wollte zu Ihnen, Mrs. Mertz.»

«Bald werden die Leute über uns reden, Mischa.»

Die einzige Möglichkeit war, ihr ohne Umschweife zu erzählen, was Zina gesagt hatte, und sie zu fragen, was sie davon hielte. Sie richtete sich auf und hörte genau zu.

«Ich kann dir auch nichts sagen, Mischa, außer daß Zina eine ziemlich komplizierte Person ist. Ich erspare dir die Details, aber sie hat ihre Probleme, wie jeder von uns. Weiß der Himmel, was nun wieder los ist. Nun, wie soll ich sagen, wir haben beide einen Hang zum Dramatischen. Was immer es ist, es dürfte nicht lebensbedrohlich sein.»

«Glauben Sie, daß sie sich verliebt hat?»

Sie warf mir einen listigen Blick zu. «Diese Dinge sind so ... vergänglich. Ich nehme das nicht so ernst, solange die Leute nicht zusammenziehen.»

«War sie vorher schon mal verliebt?»

«Jedes junge Mädchen war schon einmal verliebt.»
«Zina also auch.»
«Da gab es den Jungen mit den Mandelaugen. Und dann war da ... Aber warum fragst du sie nicht selber, Mischa?»
«Weiß Henry Bescheid?»
«Er ist ein furchtbares Klatschmaul. Wahrscheinlich kennt er sich da aus. Ich muß die Jungs mal wieder einladen. Sie sind wirklich unterhaltsam. Henry ist ganz begeistert von dir. Ruf ihn doch einfach an, Darling. Er wird dich ins beste Restaurant der Stadt ausführen. Seine Galerie nennt sich St. Sébastien. Kein sehr origineller Name.»

12 Ein Freund der Liebe

Am Freitag brachte ich Mrs. Mertz und Hillyer mit der Angela in die Stadt.

«Mischas Pläne kenne ich», sagte Mrs. Mertz, «aber was haben Sie vor, Hillyer?»

«Ich will mich ein wenig entspannen. Und wie steht es mit Ihnen, Ma'am?»

«Ich habe Schlimmes im Sinn.»

«Klingt gut.»

«Wollen wir's hoffen.»

Wir legten am Segelhafen an. Mrs. Mertz und Hillyer gingen ihrer Wege, und ich begab mich zur Galerie St. Sébastien. Sie lag im zweiten Stock des einzigen Art-deco-Gebäudes der Stadt. Eine hübsche Frau am Empfang fragte, ob sie mir helfen könne. Als ich ihr sagte, weshalb ich gekommen sei, schenkte sie mir ein zauberhaftes Lächeln und sagte, Henry sei noch mit einem Kunden beschäftigt, es werde aber nicht lange dauern, ob ich mir inzwischen die Ausstellung ansehen wolle. Sie reichte mir den Katalog.

Ohne Katalog hätte ich angenommen, die Bilder seien von einem Kind. Strichmännchen in grellen Farben. Ein Haus mit einer Tür, zwei Fenster, ein Kamin, Rauch. Ein Postbote mit Hund, ein rotes Auto, eine Katze mit Schnurrbarthaaren.

Ein bärtiger Mann trat von den Bildern zurück und betrachtete sie amüsiert. Er fragte, ob mir die Bilder gefielen. Ich sagte, ja, aber daß ich so etwas auch könne.

«Warum genau gefallen sie Ihnen?»

Er wollte gerade eine Unterhaltung beginnen, als Henry hinter mich trat, meine Ellenbogen in seine Hände nahm und mir zuflüsterte: «Diese Kleinigkeiten fangen bei 15 Riesen an.»

«Hunderter?»

«Tausender. Gefallen sie dir?»

Ich sagte noch einmal, daß sie mir gefielen, aber daß ich so etwas auch könne.

«O nein. Das meinst du vielleicht, aber du hast deine Chance verpaßt. Mit vier oder fünf konntest du das noch, jetzt nicht mehr. Bei Odo, Odo Fürst, ist das so, daß ein Teil von ihm immer noch fünf Jahre alt ist. Das ist Odos erste – Vorsicht Scherz – seine erste Ausstellung, und sie ist ein Riesenerfolg. Sogar aus New York sind Kritiker angereist, und wir beide werden das jetzt im besten Haus am Platze feiern.»

Die hübsche Dame erinnerte Henry, daß er um drei Uhr einen Termin habe. Er sagte ihr, sie solle ihn auf den nächsten Tag verschieben.

Das Restaurant war direkt am Wasser gelegen und hieß Les Deux Amis. Ich hatte davon gehört, aber war noch nie dort gewesen. Es wurde von einem jungen Paar geführt, das, so erzählte Henry, «baldigst» seine neue Ausstellung besuchen würde.

Ich fand, daß Henry mit seiner gebräunten Haut und den hellen Augen sehr gut aussah. Er erzählte, er sei im Mittleren Westen geboren, habe Kunstgeschichte in Yale studiert, dann in New York «in der Werbung» gearbeitet und sei vor zwölf Jahren mit einem Freund hierhergekommen.

Der Freund habe ihm seine Hälfte der Galerie verkauft, und nun war er immer noch hier. «Aber jetzt zu dir. Zina sagt, du bist ein echter Amerikaner.»

«Ich weiß nicht, was das bedeutet.»

«Na ja, wenn ich dir auf der Straße begegnen würde, ohne daß du den Mund aufmachst und ohne daß deine Kleidung dich verrät, dann würde ich auf... sagen wir, Mailand tippen. Ich würde annehmen, daß deine Eltern dich vergöttern, daß dein Vater Richter und furchtbar stolz auf deine schulischen Leistungen ist. Er ist überzeugt, daß aus dir ein Gelehrter wird. Deine Mutter kennt auch deine heiteren Seiten, denn sie hat dich unter Gleichaltrigen erlebt. Sie weiß, daß es dir vorherbestimmt ist, geliebt zu werden, auch wenn du der Welt immer ein ernstes Gesicht zeigst.»

«Meine Mutter denkt, ich werde mich unglücklich machen.»

«Aber warum denn, um Himmels willen?»

«Sie denkt, ich stürze mich ins Verderben.»

«Meint sie, du erwartest zu viel vom Leben?»

«So ungefähr.»

«Und du möchtest ein Genie sein.»

«Nein, sie meint wegen Zina. Ich möchte kein Genie sein, ich möchte glücklich sein.»

«Dann lieber kein Genie. Und, nebenbei gesagt, Zina ist auch keines. Sie hat Talent, und wenn sie hart arbeitet, wird sie Erfolg haben. In der Photographie sind Genies spärlich gesät. Es ist relativ einfach, gut zu sein, aber sehr schwer, besser zu sein als nur gut. Sag deiner Mutter, daß Zina kein Genie ist. Und sage ihr – oder doch besser nicht –, daß es da etwas gibt, was du jetzt sofort sein könntest. Ich kenne bestimmt zwanzig Photographen, die jemanden wie dich suchen. Du strahlst diese wunderbare Intensität aus, Mischa. Die Agenturen würden sich um dich reißen. Natürlich nur, wenn du nicht lächelst. Was du verkaufen würdest, wäre deine Ernsthaftigkeit. In einem Jahr wäre dein Gesicht berühmt. Dann, eines Tages, würde dich ein Photograph überraschen: ‹Sag mal *formaggio*›, sagt er zu dir, und du lächelst. Der Bann ist gebrochen. Deine Karriere ist zu Ende.»

Und so ging es weiter. Er beschrieb meine Heirat mit und Scheidung von einer «sehr reichen, älteren – und ich meine älteren – Dame». Mit dem Geld aus der Scheidung lasse ich mich dann in der Schweiz nieder und werde «zum Stadtgespräch Zürichs», doch meine Bestimmung ist Nordafrika …

Das fand ich dann nicht mehr so lustig, und er hörte auf. Er bestellte Seezunge Véronique für uns beide. Noch nie hatte ich Fisch zusammen mit Obst probiert. Es war das beste, was ich je gegessen hatte.

Je länger er redete, desto mehr vermutete ich, daß Zina in Henry verliebt sei. Außerdem vermutete ich, er war so gut gelaunt, weil er sich darüber freute. Ich fragte, wie lange er Zina schon kenne.

«Jahrelang. Ich war es, der die beiden hierhergelockt hat. Aber jetzt erzähl mir, was du in der Schule machst.»

«Das Übliche. Kennen Sie Zinas Vater?»

«Selbstherrlicher Typ. Kann nicht begreifen, wie Mrs. Mertz ihn so lange ertragen konnte.»

«Hat Zina schon mal bei Ihnen ausgestellt?»

«Wir machen nur Malerei und ein bißchen Skulptur. Die Aufnahmen, die du von Zina gemacht hast, sind bemerkenswert. Interessierst du dich für Photographie?»

«Nicht wirklich, aber ich mag Zinas Bilder. Haben Sie das Dünengras gesehen?»

«Und deinen *Fuß*. Ehe du dich's versiehst, wird man Gedichte auf deine Füße verfassen.»

Und so ging es immer weiter. «Henry, darf ich Sie mal was Persönliches fragen», warf ich schließlich dazwischen. «Sie brauchen nicht zu antworten, wenn Sie nicht möchten. Haben Sie was mit Zina?»

Da er völlig verdutzt reagierte, dachte ich zuerst, ich sei hinter sein Geheimnis gekommen. Dann sah er mich an, um herauszufinden, ob ich mich über ihn lustig machte. Als er merkte, daß ich es ernst meinte, sagte er feierlich: «Nein, Mischa, Zina und ich haben nichts miteinander.»

«Und Wilder?»

«Wilder! Aber nein, mein lieber Junge, du bist es, der verliebt ist. Du wirst ja rot wie eine Jungfrau.»

«Ich bin keine Jungfrau mehr.»

«Ich sagte *wie*. Gütiger Himmel!»

«Schwören Sie, daß Sie nichts mit ihr haben?»

«Ich schwöre, du bedauernswertes Geschöpf. Dasselbe gilt für Wilder. Das würde ihn amüsieren! Wann hat dich denn dieses Unheil befallen? Du kannst es Henry ruhig erzählen. Henry ist ein Freund der Liebe. Du kannst Henry alles sagen.»

Das tat ich, so gut es ging. Er hörte konzentriert zu und schnalzte an manchen Stellen mißbilligend mit der Zunge, zum Beispiel, als Zina das Blatt wegzog oder mich ermutigte, mit Melissa zu schlafen. «Was hältst du davon, mit ihr ins Bett zu gehen?»

«Ich hab's schon getan.»

«Und?»

«Ich wollte nicht.»

«Du würdest lieber mit Zina schlafen.»

«Nein!»

«Doch! Hör mir zu, Mischa. Du denkst immer noch, daß in der Liebe etwas Sündhaftes liegt. Und das stimmt auch, solange man so empfindet. Außerdem glaubst du, daß Zina schon mit anderen Männern geschlafen hat, und du willst nicht wie diese anderen sein. Du unterscheidest dich von ihnen, deine Liebe ist anders ...»

«Hat sie schon mit Männern geschlafen?»

«Wenn nicht, dann stimmt etwas nicht mit ihr. Also laß uns davon ausgehen, daß sie es schon getan hat.»

«Ich will ja nur wissen, ob sie jetzt gerade in jemanden verliebt ist.»

«Wie kommst du darauf?»

Ich erzählte ihm, daß sie gesagt hatte, sie sei in Gefahr, sie verliere die Beherrschung, und ich solle sie beschützen.

«Ganz schön raffiniert von dir, daraus zu schließen, daß sie verliebt ist.»

«Werden Sie mir helfen, es herauszufinden?»

«Was genau: ob oder in wen?»

«Schwören Sie, daß Sie es nicht wissen.»

«Ich schwöre. Aber sag mir zuerst: Was für einen Unterschied würde es machen, wenn du es wüßtest?»

«Es wäre besser, wenn sie nicht verliebt wäre, ganz einfach.»

«Und wenn es so ist?»

«Dann kann man nichts machen.»

«Und dieser Jemand? Du würdest ihn doch nicht erschießen? Oder sie?»

«Zina erschießen?»

«Das habe ich nicht gemeint. Ich wollte sagen, wenn Er sich als eine Sie entpuppen würde. Aber Spaß beiseite. Ich werde es versuchen und dir berichten, wenn es die Ehre zuläßt.»

«Wie meinen Sie das?»

«Ich kann dir schlecht etwas mitteilen, was mir jemand im Vertrauen erzählt hat. Wie alt bist du, Mischa?»

«Sechzehn.»

«Dann bist du alt genug für die Liebe, aber es muß dir, wenn du ehrlich bist, klar sein, daß aus der Geschichte wohl nichts wird.»

«Das macht mir nichts aus.»

«Es macht dir sehr wohl etwas aus, aber du hast keine Wahl.»

«Eben, ich habe keine Wahl.»

«Na schön, ich werde versuchen, etwas herauszufinden, aber nicht, um deine Neugierde zu befriedigen, sondern weil es immer besser ist, Klarheit zu haben. Und ich habe noch einen anderen Grund. Deine Persönlichkeit ist noch nicht voll ausgeprägt. Du bist ein außergewöhnlich intelligenter und attraktiver junger Mann, in mancher Hinsicht bereits erwachsen, in anderer nicht. Dein Schicksal ist noch nicht entschieden. Kannst du mir folgen?»

Ich sagte ja, aber das stimmte nicht.

«Mit einem Wort, deine Weichen sind noch nicht gestellt, und hier könnten sie gestellt werden. Wir gehen zu mir nach Hause und finden es heraus, komme, was wolle. Einverstanden?»

Henry war ein Wassermensch wie Vater und ich. Er besaß nicht nur die Chelsea Hotel, sondern lebte in einem Hausboot, das nicht weit vom Restaurant vertäut lag. Es bestand aus wenig mehr als einem Raum mit vielen Bullaugen. Man spürte, wie sich das Schiff unter einem bewegte, und hörte das Wasser gegen seinen Rumpf schlagen.

«Der einzige Nachteil ist, daß manchmal Ratten an Bord kommen, auch die, die nur zwei Beine haben.»

Er bot mir einen Klappstuhl an, gab mir ein Glas Wodka und wählte Zinas Nummer auf dem Point. «Ich muß sie zum Reden bringen, ohne Fragen zu stellen.»

Er hob die Hand. «Aber Darling, du weißt doch, daß ich telepathische Fähigkeiten besitze..., ja, und psychopathisch bin ich auch. Erinnerst du dich, als ich diesen Traum hatte, wo du als Sirene vorbeifahrende Schiffe angesungen hast, und am nächsten Abend haben sich gleich drei griechische Matrosen an deine Fersen geheftet? Das war absolut hellsichtig... ja, ja, lästig war es auch. Also, mein Schatz, hör zu, letzte Nacht habe ich geträumt, daß du in ein Tuch gewickelt zu mir kommst... ein Bettuch. Vielleicht war es auch ein Leichentuch, jedenfalls sagtest du, du seist in Nöten... nein, das hast du nicht gesagt... nur, daß du die Beherrschung verlierst...»

Ich fuchtelte mit den Händen und schüttelte den Kopf. Er benutzte exakt ihre Worte. Bestimmt würde sie etwas merken.

Beruhigend tätschelte er die Luft. «Ich *wußte* es. Henry kannst du alles sagen.»

Also *hatte* sie sich verliebt. Er hörte zu, grunzte gelegentlich, aber sah mich während des ganzen Gesprächs nur zweimal an, und jedesmal wandte er sich schnell wieder ab. Das ließ Schlimmes befürchten. Außer «Sag das noch mal» oder «Ich glaube nicht» sagte er nichts. Schließlich hob sich seine Stimme, um das Gespräch zu beenden: «In Ordnung, meine Süße... Aber natürlich... Wir hören voneinander», und er legte auf.

«Nun, du hast es ja gehört», sagte er.

«Wer ist es?»

«Das hat sie nicht gesagt.»

«Sie hat geredet und geredet und nicht gesagt wer?»

Er hob die Hände in einer hilflosen Geste.

«Sie *wissen* es.»

«Mischa, bitte.»

«Warum sagen Sie es mir nicht?»

Ich glaube, ich schrie es ihm ins Gesicht, und er war wohl ein wenig erschrocken.

«Mischa, es gibt vieles, was ich dir sagen möchte, aber du bist nicht in der Verfassung, es aufzunehmen. Ich möchte dir helfen, aber du mußt dich beruhigen. Wenn du die Tatsachen akzeptiert hast, können wir reden.»

«Sie *wissen* es.»

«Geh jetzt nach Hause, Mischa!»

13 Hillyers Theorie

Ich ging zu Hillyer und erzählte ihm alles. Ich wollte hören, wie er die Existenz der Liebe leugnete. Statt dessen redete er darüber, in wen Zina wohl verliebt war.

«Wie kannst du so sicher sein, daß sie es diesem Typen erzählt hat. Er sagt doch, sie hat's nicht verraten.»

«Ich habe alles mitangehört. Er hat sie nicht danach gefragt. Das hätte er doch sonst getan.»

«Warum willst du es überhaupt wissen?»

«Das hat Henry auch gefragt. Wenn es einer von ihren früheren Freunden wäre, fände ich es nicht so schlimm, verstehst du?»

«Nicht so schlimm wie was?»

«Wie jemand neues.»

«Wie meinst du das?»

«Womöglich ist es dieser Henry selber. Das wäre auch nichts Ernstes. Er kennt sich mit Kunst und Photographie aus. Vielleicht sind es bloß gemeinsame Interessen.»

«Warum würde er dann das Theater mit dem Anruf veranstalten?»

«Um von meinem Verdacht abzulenken. Er sieht gut aus. Er käme durchaus in Frage.»

«Na gut, ruf ihn an. Ich nehme den anderen Apparat. Sag ihm, daß es dir mies geht. Deute die Möglichkeit von Selbstmord an. Sag, du mußt es unbedingt wissen, egal wer es ist. Sag ihm, du bist noch nie im Leben so deprimiert gewesen.»

«Das stimmt sogar.»

«Prima, dann klingst du überzeugend.»

Henry war wieder in der Galerie. Ich flehte ihn an.

«Mischa, du brichst mir das Herz. Laß die Sache ruhen, und wenn du in ein paar Wochen wieder hinschaust, ist nichts mehr zu sehen. Ich weiß, daß du dich schlecht fühlst, aber das geht vorüber, ich verspreche es dir. Ich habe ausreichend Erfahrung auf diesem Gebiet. Hör zu, Mischa, komm heute abend an Bord. Ich koche uns was zum Abendessen, und wir können reden. Ich habe dir eine Menge zu sagen.»

«Werden Sie es mir verraten?»

«Wir werden reden.»

«Aber werden Sie es mir sagen?»

«Heute abend um sieben. Wir werden einen göttlichen Wein aufmachen.»

Ich sagte, ich würde ihm noch Bescheid geben, und legte auf.

«Er ist es», sagte ich. «Ich weiß es.»

«Er ist es nicht. Er ist doch schwul.»

«Woher weißt du das?»

«Wenn das keine Homo-Stimme ist.»

Mir war nicht so ganz klar, was Homosexuelle taten.

«Er ist hinter deinem Arsch her. Er wird was kochen, ein göttliches Fläschchen Wein, Musik und Kerzenschein. Also *wirklich*!» Hillyer stand auf und ging im Wohnzimmer auf und ab. «Laß uns überlegen. Erst willigt er ein, es herauszufinden. Du sagst, er war ganz scharf darauf. Und er findet es heraus ...»

«Das wissen wir eben nicht genau.»

«Doch, das wissen wir. Als du herkamst, warst du dir sicher. Und ich bin mir auch sicher. Jetzt eben am Telefon hat er es auch nicht abgestritten.»

«Vielleicht ist er homosexuell», schlug ich vor, «und sie liebt ihn trotzdem.»

«Nein, sie kennt ihn schon zu lange. Warum eigentlich nicht? Vielleicht sind sie übereinander gestolpert und im Bett gelandet. Aber er ist schwul. Das würde nicht passieren.» Er fing an, in der Nase zu bohren, bei Hillyer ein Zeichen äußerster Konzentration.

«Wenn ich die Geschichte von jemand anderem gehört hätte», sagte er, «dann wärst du mein Hauptverdächtiger.»

«Soll das ein Witz sein?»

«Schau dir die Indizien an. Du warst am Tatort, du bist in sie verliebt, sie mag dich ... Heiliger Himmel, weißt du, wer es ist? Dein alter Herr. *In situ.*»

Mir wurde kalt. «Unmöglich.»

«Sehr wohl möglich», entgegnete er.

«Wann könnten sie es getan haben?»

«Wie meinst du – wann könnten sie es getan haben? Es dauert schließlich keine Ewigkeit.»

«*Das* meine ich nicht. Ich meine, wann sie sich ineinander verliebt haben?»

«Du bist derjenige, der sich mit der Liebe auskennt», sagte Hillyer. «Das mußt du mir sagen.»

«Es ist nicht möglich.»

«Das ist auch der Grund, warum dieser Typ es dir nicht verraten will.»

«Das heißt ja noch nicht, daß sie *es* tatsächlich getan haben.»

«Ach nein? Neulich abends, als du sie besuchen wolltest, da

war sie nicht da, stimmt's? Und dein alter Herr war in der Stadt, ja? Während du mit Melissa gevögelt hast, hat er mit Zina gevögelt. Nur recht und billig.»

War es möglich, daß ich für meine Nacht mit Melissa bestraft wurde?

«Dein Vater ist offenbar ein richtiger Frauenheld.»

Das schien Hillyers Achtung vor ihm nur zu steigern.

«Ich muß darüber nachdenken», sagte ich.

«Tu das. Wenn du akzeptieren könntest, daß Liebe eine Illusion ist, würde es dir nicht soviel ausmachen. Vielleicht könntest du es dann sogar reizvoll finden.»

«Du findest es reizvoll, soviel steht fest.»

«Hey, du hast dich schließlich auch amüsiert, warum soll er das nicht auch dürfen?»

«Ich habe mich nicht amüsiert.»

Plötzlich wußte ich nicht mehr, warum ich überhaupt mit Hillyer redete. «Ich gehe nach Hause.»

«Wie fühlst du dich.»

«Nicht besonders.»

Ich stand auf. Jede Bewegung fiel schwer.

«Bleib doch noch. Rita kommt, und wir könnten Melissa anrufen.»

«Mir ist nicht danach. Ich gehe.»

«Alles okay?»

«Ja.»

Die Wohnung fühlte sich besonders leer an. Ich ging hinauf ins Schlafzimmer meiner Eltern. Auf Mutters Schreibtisch stand ein Photo von Vater als College-Absolvent. Es zeigte ihn auf dem Campus, die Augen vor der Sonne schützend. Er sah kaum anders aus als jetzt. Ich glaube, Mutter hatte ihn zu jener Zeit noch gar nicht kennengelernt. Auf Vaters Schreibtisch stand ein Bild von mir, aufgenommen an dem Tag, als wir die Flundern gefangen hatten. Ich war neun in jenem Sommer. Es war Anfang Juli, und Mr. Strangfeld hatte uns gesagt, die Flundern zögen durch. Flundern leben auf dem Grund, deshalb nahmen wir das Ruderboot. Vater sagte, so etwas hätte er noch nie gesehen. Wir warfen eine Leine aus und zogen eine Flunder raus. Wir benutzten zwei Haken und zogen zwei Flundern raus. Als wir kein Muschelfleisch mehr für Köder hatten, zerschnitten wir eine Flunder. Vater sagte, normalerweise würden Fische nicht auf das Fleisch von Artgenossen gehen, aber damals taten sie es. Wir hatten einen Baseball-Schläger dabei, um die Fische zu erlösen, sobald wir sie ins Boot gezogen hatten. Normalerweise übernahm Vater das Töten, aber diesmal tat ich es. Jedesmal, wenn ich zuschlug, applaudierte er. Nachdem wir das Boot aus dem Wasser hatten, luden wir die Flundern auf den Wagen des Bootshauses. Es waren so viele, daß immer wieder einige in den Sand rutschten. Als wir heimkamen, photographierte Vater mich mit unserem Fang. Es gibt eine Menge Aufnahmen von mir aus jener Zeit, aber auf dieser sehe ich richtig glücklich aus.

Als ich im Schlafzimmer stand, hatte ich zwei gegensätzliche Bedürfnisse: es herausfinden und nicht daran denken. Ich weiß nicht, wie lange ich dort stand, aber als ich mir Vater und Zina zusammen in diesem Bett vorzustellen begann, rief ich Henry an und sagte, ich würde gern zum Abendessen kommen.

Henry stand mit einer Schürze am Herd, als ich kam. Er deutete auf den Klappstuhl. «Wodka?»

«Eigentlich trinke ich nicht so gerne, Henry. Vielleicht ein Glas Wein zum Essen.» Wenn Hillyer recht hatte, dann war Henry der erste Homosexuelle, von dem ich wußte, daß er homosexuell war.

«Später reden wir ernsthaft miteinander. Jetzt plaudern wir erst mal.»

«Darf ich etwas fragen?»

«Reden oder plaudern?»

«Als Sie mit Zina telefoniert haben, und sie hat Ihnen nicht gesagt, wer es ist, warum haben Sie da nicht gefragt?»

«Weil, mein lieber Mischa, sie ausdrücklich erklärt hat ‹Ich kann dir nicht sagen, wer es ist›. Darum. Du erinnerst mich an einen Freund. Er hatte dasselbe Problem, mit dem einzigen Unterschied, daß er doppelt so alt ist wie du. Vor sechs Monaten saß er genau da, wo du jetzt sitzt, und er hat zu mir gesagt, er sei total fertig, es sei alles aus, er wolle nicht länger leben.»

«Hat sich seine Freundin in einen anderen verliebt?»

«Er war völlig am Ende. Und heute sind alle Wunden verheilt. Er hat jemand anderen gefunden und kann sich kaum an den Namen erinnern, der ihm damals soviel Kummer bereitet hat. Und ich möchte hervorheben, daß du halb so alt bist wie er, also heilt es bei dir doppelt so schnell. Du glaubst mir das jetzt nicht, aber es werden keine Narben zurückbleiben, du wirst schön sein, wie eh und je.» Das alles sagte er mit dem Rücken zu mir.

«Ein Freund von mir meint, Zina hätte sich in meinen Vater verliebt.»

Er fuhr herum. «Was für eine absurde Idee!»

«Also ist es nicht mein Vater?»

«Mischa, es könnte der Mann im Mond sein. Laß uns jetzt essen.»

Er zündete Kerzen an, wie Hillyer es vorausgesagt hatte, und legte eine Platte auf. Dann fragte er, wie ich den Wein fände.

«Chateauneuf du Pape», sagte ich.

«*Sehr* gut.»

«Neunzehnhundertachtundfünfzig.»

«Oh, du böser Junge, du hast nachgeschaut.» Er berührte meinen Handrücken. «Mischa, mein Lieber, ich werde dir etwas erzählen. Im Märchen gibt es einen Zaubertrank, der einen einschläfert. In den Erstbesten, den man nach dem Aufwachen sieht, verliebt man sich. Das ist die treffendste Metapher für die Liebe, die sich denken läßt. Die Liebe ist beliebig, unerklärlich und grausam. Außerdem ist sie nicht von Dauer. Etwas so Unvernünftiges kann unmöglich lange dauern.»

«Aber es ist nicht unvernünftig, daß ich in Zina verliebt bin. Sie ist das schönste Mädchen, das ich je gesehen habe.»

«Genau das meine ich. Sie ist das schönste Mädchen, das du je gesehen hast, weil du dich in sie verliebt hast.»

«Sie war auch vorher schon schön.»

«Und wann, bitte sehr, hast du dich in sie verliebt?»

«Als ich sie das erste Mal sah.»

«Voilà! Mischa, das bißchen Schmerz geht vorüber. Jedem wird einmal das Herz gebrochen. Für manche ist es geradezu eine Lebensform geworden. Man empfindet die Liebe als einen Strahl, den man auf einen anderen Menschen richtet. Manchmal wird er zurückgeworfen, manchmal nicht. Aber die Liebe ist kein solcher Strahl, sie ist ein Lichtschein, der in alle Richtungen gleichzeitig leuchtet. Dem Verliebten kommt es so vor, als bescheine der Strahl ein einziges Objekt. Das liegt daran, daß er selbst nur dieses eine Objekt sieht. Wenn er sich aber umschaut, merkt er, daß viele sein Licht empfangen.» Wieder berührte er meine Hand.

Ich mußte hier weg.

Noch vor dem Kaffee behauptete ich, mir sei nicht gut,

außerdem müßte ich mich um meinen Hund kümmern. Er sagte, ich solle mich hinlegen, bis ich mich ein wenig erholt hätte. Schließlich konnte ich mich mit dem Versprechen, bald wiederzukommen, loseisen.

Auf dem Weg nach Hause dachte ich alles noch einmal durch. Es war ausschließlich meine Überzeugung, daß Zina in jemanden verliebt war. Henry hatte mitgespielt und den Anruf bei Zina nur vorgetäuscht, um sich an mich ranzumachen. Und jetzt sagte er mir nicht, wer es war, weil dieser jemand überhaupt nicht existierte. Sie war gar nicht verliebt.

14 Was Zina sagte

Diese Überzeugung war nicht von Dauer.

Von unserem Apartment aus rief ich auf dem Point an und sagte, ich würde über Nacht in der Stadt bleiben. Ich legte mich ins Bett, um nachzudenken. An jenem Morgen, als Vater so kurz angebunden gewesen war, hatte er gesagt, ich müsse ihm immer Bescheid sagen, wenn ich in die Stadt käme. Hieß das, ich mußte ihn *warnen*? An dem Abend, an dem er die Frau mit ins Gästezimmer gebracht hatte, war es ihm ja auch egal gewesen, aber es würde ihm natürlich nicht egal sein, wenn ich von Zina wüßte. Hier hatte ich ein echtes Indiz.

Schließlich sah ich ein, daß ich es nicht herausfinden würde. Aber vielleicht konnte ich eine Einstellung finden, die mir die Sache erleichterte. Wie würde ich mich zum Beispiel dazu stellen, wenn es tatsächlich Vater wäre? Vielleicht war Zina ja in ihn verliebt, und er wußte gar nichts davon. All dies ging mir im Kopf herum, bis mir Mrs. Mertz' Rat wieder einfiel: Frag sie doch, sie wird es dir erzählen.

Um eins in der Nacht zog ich mich also wieder an und ging zum Jachthafen. Die Angela lag bewegungslos im ruhigen Wasser. «Dover Beach» fiel mir wieder ein, als ich die Segel aufzog.

Die See ist still heut nacht,
Die Flut steht hoch, der Mond fällt schön
Auf den Kanal ...

Die Bucht war ruhig, wir hatten Ebbe, die Segel hingen schlaff herab. Ich glitt in die Bucht hinaus. Ohne Wind würde ich allmählich ins Meer hinausgezogen werden, und dort konnte ein plötzlicher Wetterumschwung für einen einzelnen Segler gefährlich werden. Das kümmerte mich nicht. Ich würde es herausfinden, wie auch immer. Dann kam Wind auf. Weder Mond noch Sterne waren zu sehen. Ich kreuzte über die Bucht und orientierte mich am einzigen Licht auf dem Point. Wahrscheinlich war es die Hütte von Mr. Strangfeld. Als ich über den Strand lief, fühlte ich mich ein wenig besser. Nichts war entschieden.

Beide Häuser waren dunkel. Ich zog die Schuhe aus und ließ sie auf der Veranda stehen. Blackheart hörte mich. Ich ließ ihn heraus und sagte ihm, er solle ruhig sein. Alles, was ich auf dem Weg zum Gästehaus sah, hatte einen silbrigen Schimmer, aber ich konnte keine Umrisse erkennen. Auf der anderen Seite der Bucht zog sich ein blasser Lichtstreifen übers Festland. Davon abgesehen, hätte ich ebensogut mit geschlossenen Augen gehen können. Auf der Terrasse konnte ich die schlafende Sonya ausmachen. Blackheart legte sich Nase an Nase vor sie hin.

Ich hakte die Fliegengittertür auf und trat ein. Es gab zwei Schlafzimmer. Ich wußte nicht, in welchem Zina und in welchem Mrs. Mertz schlief. Ich tastete mich durch die Dunkelheit zum Nächstgelegenen. Dann stand ich dort, wo ich die Mitte des Zimmers vermutete, völlig bewegungslos und ganz still. Mein Plan war gewesen, leise ihren Namen zu sagen, bis sie erwachte. Auf diese Weise würde ich sie nicht erschrecken. Jetzt änderte ich diesen Plan. Wenn sie es war, die in diesem Bett lag, würde ich mich neben sie legen, so wie Melissa es bei mir getan hatte. Sie würde sich zu mir herumdrehen, wie ich zu Melissa. Zunächst würde sie nicht wissen, wer ich war, mich für jemanden aus ihrer Vergangenheit halten, vielleicht für den Jungen mit den Mandelaugen. Sie würde mich in die Arme schließen. «Ich bin's», würde ich dann sagen. «O Mischa, was machst du hier in meinem Bett, du ungezogener Junge?» Nein, so nicht. Sie würde mich küssen. Sie hatte mich ja schon öfter geküßt, also würde sie mir auch jetzt einen Kuß geben. Und sie hätte nichts an. Ihre Brüste wären an mich gepreßt. Ich würde Zina ein wenig wegschieben, um sie berühren zu können. Zina würde meinen Namen sagen, einmal, noch einmal, immer wieder.

Ich war sehr aufgeregt. Falls mein Plan funktionierte, könnten wir uns den Winter über bei ihr oder, wenn meine Eltern nicht da waren, bei mir treffen. Es würde unser Geheimnis bleiben. Allenfalls Hillyer wäre eingeweiht. Ich würde ihr erzählen, wie ich Vater und Henry verdächtigt hatte. Und sie würde mein Gesicht streicheln und sagen: «Armer Mischa, dabei warst doch du die ganze Zeit gemeint.»

Außer dem Umriß des Fensters sah ich nichts. Ich ertastete einen Stuhl, eine Kommode, meine Knie stießen gegen ein Bett. Ich horchte nach Atemgeräuschen, aber in meinen Ohren klang nur mein eigener Atem. Ich kniete nieder und legte die Hand auf die Bettdecke. Das Bett war flach und leer. Sie war im anderen Schlafzimmer.

Ich stand auf. Der Plan ging davon aus, daß sie schlief. Andernfalls würde ich nicht den Mut aufbringen, ihn durchzuführen. Ich drehte mich um und machte langsame, kleine, vorsichtige Schritte zur Tür hin.

Aus dem anderen Zimmer sagte Zina: «Peter, ich bin hier», und nach einer Pause «Hier, Peter.»

In diesem Moment ging das Licht im Haupthaus an. Melissas Gedicht fiel mir ein: «Ein Licht macht Dunkelheit nur schwärzer.»

Ich stand wie angewurzelt. Selbst wenn ich gewollt hätte, wäre ich zu keiner Bewegung fähig gewesen. Ich wartete darauf, daß etwas passierte. Würde Vater auftauchen? Würde sie es noch einmal sagen: «Peter, ich bin hier?» Würde er sich zu ihr ins Bett legen? Würde sie sich ihm zuwenden, ihn an sich ziehen, bis er auf ihr lag? Würde ich die Geräusche mitanhören müssen?

Ich stürzte hinaus. Es war mir egal, ob sie merkte, daß ich es war. Blackheart sprang auf und folgte mir zu unserem Haus. Mutter saß mit einem Buch und einer Tasse Tee am Küchentisch. Ich rief durch die Fliegengittertür, daß ich da sei.

Ich erklärte meine Rückkehr damit, daß ich in der Stadt nicht schlafen konnte. Sie schenkte mir Tee ein und sagte, auch sie habe nicht schlafen können. Ich fragte, wo Vater sei.

«Oben. Wahrscheinlich wälzt er sich herum wie wir alle. Sonst geht er immer am Strand spazieren, wenn er nicht schlafen kann. Ich dagegen sitze hier und werde fett. Es ist einfach ungerecht.»

Wie ich sie so sitzen sah, verschwollen und in einen rosa Morgenmantel gewickelt, erkannte ich zum ersten Mal, wie ungerecht es tatsächlich war. Sie führte ein trübseliges Leben. Immer war sie eifersüchtig, wußte nicht, was los war, und wußte doch, daß etwas los war. Und er dort oben. Für diesmal enttäuscht, aber bereits Pläne für ein nächstes Mal schmiedend.

«Ich habe über uns nachgedacht», sagte Mutter, «über dich, deinen Vater und mich. Ich vermute, es sind deine Gefühle für Zina, die mich dazu gebracht haben. Es wird eine zweite und eine dritte Zina geben, und auf einmal wirst du fort sein. Ich weiß nicht, ob du das weißt, aber für deinen Vater bist du die Hauptattraktion in diesem Haus. Der Grund, warum wir heute nacht wach waren, war deine Abwesenheit. Ich mache mir Sorgen, wenn du allein in der Stadt bist, aber dein Vater vermißt dich schlicht und einfach. Ich sollte hinaufgehen und ihm sagen, daß du zurück bist.»

«Nein, laß nur. Er wird eingeschlafen sein.»

«Zwei Menschen tun sich zusammen und bekommen ein Kind. Nie hat man genug Zeit, nie kriegt man genug Schlaf. Irgendwie steht man es durch. Im Laufe der Jahre wird es einfacher. Was lange undenkbar war, ist wieder möglich. Man kann ein Jahr vorausplanen. Am Anfang konnte man nicht mal von einer Woche zur anderen denken. Und jetzt weiß man nur zu gut, was man vor sich hat.»

«Habt ihr Probleme, Vater und du?»

«Ach, Herzchen, das sind Nachtgedanken, nicht etwas, was man seinem Kind vorjammert.»

«Wenn etwas passieren würde, würdest du jemand anderen heiraten?»

«Einen Millionenerben. Hör mal, du mußt nicht hier sitzen und mir Gesellschaft leisten. Geh schlafen.»

Ich mußte aber doch. Ich nahm mir ein Buch, und wir saßen da bis zum Morgengrauen.

Als ich am frühen Nachmittag herunterkam, lag Mutter auf der vorderen Veranda. Sie sagte, Vater sei drüben in der Bucht. Dann sah ich Zina durchs Küchenfenster in Richtung Bucht gehen. Ich nahm Blackheart mit, und wir folgten ihr. Ich paßte auf, daß immer ein paar Dünen zwischen uns lagen. Aus der Deckung des Bootshauses beobachtete ich, wie sie am Fuß der Kaimauer stand. Vater war im Wasser, neben sich die Angela, und beobachtete sie ebenfalls. Nach einer Weile ging sie hinaus. Einmal hielt sie an, als wolle sie umkehren. Er half ihr ins Wasser. Ich wartete auf eine intime Geste, einen Kuß, eine Berührung, aber sie standen in einiger Entfernung einander gegenüber. Nichts war zu sehen, keine Leute, keine Boote draußen in der Bucht. Der Himmel war grau, und der Seetang gab seinen feuchten, fauligen Geruch von sich.

Plötzlich schlug er sie. Sie fuhr sich mit der Hand über die Wange und betrachtete sie, als erwarte sie Blut zu sehen. Und dann geschah etwas Merkwürdiges – sie küßte die Innenseite ihrer Hand. Er wandte sich ab, und sie watete an Land. Blackheart schoß an mir vorbei auf die Kaimauer hinaus. Ich duckte mich und rannte im Schutz des Bootshauses zurück. Bald darauf kam Vater. Er sah mich streng an und sagte nichts. Das war nicht der Mensch, den ich kannte. Was immer er sonst tun mochte, mein Vater war nicht der Typ, der Leute schlägt.

15 Die Party an Labor Day

Zwei Tage später war Labor Day und die dazugehörige Party.

Zu den Traditionen der Party gehörten Vaters Fährdienste zwischen der Stadt und dem Point. Dieses Jahr holte er Hillyer und Mr. Walton ab. Wir vertäuten die Angela um Mittag am Segelhafen. Es war ein strahlend blauer, windiger Tag. Mr. Walton trug Bermudas, Segelschuhe und eine Seglerkappe und hatte einen Matchsack dabei, der mit Ankern bedruckt war. Wie jedesmal entschuldigte er seine Frau, die schöne Elaine, die nicht kommen konnte.

Draußen auf dem Wasser bat Vater ihn, das Boot zu segnen. Mr. Walton beugte sich seitlich über den Rand, um den Schiffsnamen zu lesen. «Herr im Himmel», sagte er, «sorge dafür, daß dieses schmucke Schiff, die Angela, seetüchtig und sicher bleibt. Wenn sie Wellenkämme erklimmt und den Wind umarmt, so möge sie immer oben schwimmen, den Hafen stets erreichen und begierig sein auf neue Fahrt.» Wir klatschten.

Unvermittelt brachte eine heftige Böe die Angela in Schräglage. Mr. Walton klammerte sich mit beiden Händen an die Reling.

«Keine Angst, *Padre*», sagte Vater, «der Herr hält seine Hand über sie.»

Der Pfarrer, den Griff nicht lockernd, erwiderte: «Und Petrus trat aus dem Schiffe und ging auf dem Wasser, daß er zu Jesus gelange. Er sah aber einen starken Wind, da erschrak er, und während er sank, klagte er und sprach: ‹Herr, hilf mir›. Jesus aber streckte die Hand aus und ergriff ihn und sprach zu ihm: ‹O du Kleingläubiger, warum zweifelst du?›»

«Denn es ist der Glaube, der einen trägt, nicht wahr?»

«Allerdings.» Doch Mr. Walton ließ die Reling nicht los.

Vater wirkte angespannt und seine gute Laune aufgesetzt. Als wir uns dem Point näherten, erkundigte er sich bei Hillyer, ob er seine Ansichten über die Liebe geändert habe.

«Noch nicht, Sir, aber mittlerweile könnte ich es mir schon vorstellen.»

«Bist du der Traumfrau begegnet?»

«In gewisser Weise ja.»

«Ich vermute, sie ist noch Jungfrau.»

«Schwer zu sagen, Sir. Ich spreche von Zina.»

Ich traute meinen Ohren nicht.

Vater warf mir einen raschen Blick zu, dann sah er zu Hillyer hinüber. «Du meinst, Zina könnte dir gefallen?»

«Das kann man so sagen.»

«Du findest sie attraktiv?»

«Ungeheuer attraktiv. Aber wie ist Ihre Meinung in der Jungfrauenfrage?»

«Meine Vermutung ist soviel wert wie deine, Hillyer.»

«Nein, Sir, ich glaube, Ihre wiegt schwerer.»

«Und warum das?»

«Wie Sie wissen, beschränken sich meine Erfahrungen auf noch etwas jüngere Damen, Sir.»

«Nun, in diesem Fall würde ich es nicht wagen, eine Meinung zu äußern.»

«Weil Sie keine haben, Sir, oder aus nachbarlicher Rücksichtnahme?»

Das traf Vater wirklich. Er merkte, daß er in die Enge getrieben wurde, und glaubte, ich sei an der Geschichte beteiligt. War ich aber nicht. Ich hatte Hillyer weder vom Gästehaus noch von den anderen Vorfällen erzählt.

Als wir am Kai anlegten, ließen die Cuddihys von ihrem Boot aus gerade ein Schlauchboot ins Wasser. Melissa ging neben mir, als wir den Point überquerten. Sie sagte, Ari habe sie gefragt, ob sie mit ihm gehen wolle. Ob ich etwas dagegen hätte. Ich sagte, Ari sei ein netter Typ. Und ein guter Dichter, fügte sie hinzu. Er habe ihr ein wunderbares Gedicht geschrieben. Ob ich es sehen wolle. Ich sagte, es sei vielleicht ein bißchen schwierig für mich, das zu lesen. Melissa und Ari waren mir völlig egal, aber aus purer Höflichkeit versuchte ich, niedergeschlagen zu wirken.

Mr. Strangfeld hatte die beiden anderen Ehepaare, die auf dem Point wohnten, die Kanes und die Rugers, hergefahren. Auch die Chelsea Hotel war angekommen und lag draußen im Meer, dort, wo sich die Wellen nicht mehr brachen, vor Anker. Henry, Wilder, Jack Packard und Max Pondoro – Mrs. Mertz' Freunde – standen zusammen mit Mutter und Mrs. Mertz auf der Veranda vor dem Haus. Sie waren eben vom Boot herübergeschwommen. Henry hatte einen jungen Freund namens Sandro mitgebracht. Er sah blendend aus, aber irgend etwas stimmte nicht mit ihm. Er nahm eine Pose nach der anderen ein, blieb dabei aber völlig ausdruckslos. Hörte er zu, dann zeigte er sich im Profil, wenn er sprach, sah er einem direkt ins Gesicht. Keinem schien das aufzufallen außer Vater, der bemerkte, wie ich Sandro beobachtete, und mir sein breites Lächeln herüberschickte. Wir hatten einander gemieden, jetzt war es wieder wie früher.

Mutter hatte Zina gebeten zu photographieren, und sie

wanderte von Person zu Person, von Gruppe zu Gruppe. Mr. Strangfeld war auf den Partys an Labor Day immer besonders aufgekratzt. Er war groß, mit ausladendem Brustkorb. Heute prangte auf seinem T-Shirt die Aufschrift «Dollar a Kiss». Sandro ging zu ihm hin, küßte ihn auf den Mund und hüpfte davon. Mr. Strangfeld wischte sich den Mund und ballte die Fäuste. Ich dachte, er würde auf Sandro losgehen. Mutter mußte dasselbe gedacht haben, denn sie ging auf Mr. Strangfeld zu und küßte ihn. Das löschte Sandros Kuß aus, und Mr. Strangfeld beruhigte sich wieder. Zina hatte die ganze Szene festgehalten. Anschließend ging sie mit erhobener Kamera auf Vater zu. Er wandte sich ab. Sie folgte ihm. Wieder wandte er sich ab. Sie sah aus, als sei sie noch einmal geschlagen worden.

Eine andere Tradition der Partys an Labor Day schrieb vor, daß das Essen aus dem Meer stammen mußte. Letztes Jahr waren es Muscheln gewesen. Wir sammelten sie eimerweise, viel mehr, als wir essen konnten. Mrs. Yemm hatte eine schlechte erwischt, und ihr war übel geworden. Mutter meinte, das sei die gerechte Strafe dafür gewesen, daß sie sich an Vater rangemacht hatte. In den Jahren davor hatten wir manchmal auch nach einer anderen Sorte gegraben, die Pißmuscheln genannt wurde. Bei Ebbe bilden sich kleine Krater im nassen Sand, und wenn man neben einem solchen Krater auftritt, schießt einem ein Wasserstrahl das Bein hoch. So weiß man, daß dort die weiche Schale einer Muschel verborgen ist. Wir servierten sie im Sud mit zerlassener Butter. Die Muscheln waren immer das Hauptgericht. Außerdem gab es winzige Köderfische, die sich in Schwärmen nahe am Ufer aufhalten, außerhalb der Reichweite großer Fische. Wir fingen sie in Schleppnetzen und brieten sie in heißem Öl. Ich aß sie am liebsten, wie sie waren, aber manche Leute ekelten sich vor den Augen, deshalb panierten wir sie und aßen sie wie Salzstangen.

Jetzt fragte Vater Hillyer, ob er mit zum Fischen kommen wolle. Offenbar wollte er Zina aus dem Weg gehen. Sonst hatte ich ihm immer beim Fischen geholfen. Auch mir ging er aus dem Weg.

Kaum war Vater weg, kam Zina. Sie sagte, sie wolle ein Photo machen und schlug vor, auf die hintere Veranda zu gehen, weil das Licht dort besser sei.

Sie wirkte ganz aufgelöst. «Mischa, ich muß dich um etwas bitten, aber du darfst nicht grausam zu mir sein.»

«Ich bin niemals grausam zu dir.»

«Du darfst es auch jetzt nicht sein.» Sie preßte die Handflächen zusammen. «Du warst am Freitag abend im Gästehaus. Vom Fenster aus habe ich gesehen, wie du weggelaufen bist. Ich habe etwas gesagt. Was war es?»

«Das weißt du doch genau.»

«Ich war noch halb im Schlaf.»

«Du warst hellwach.»

«Mischa, bitte sag es mir.»

«Du hast gesagt: ‹Peter, ich bin hier.›»

«Was sollte das bedeuten?»

«Warum tust du das?»

«Erklär mir, was es bedeutet!»

«Du dachtest, es sei Vater. Du hast auf meinen Vater gewartet.»

«Nicht so laut, Mischa! Ich muß dir etwas Schreckliches sagen. Ich bin in deinen Vater verliebt.»

«Das weiß ich. Hattest du vor, mit ihm zu schlafen?»

«Wir wollten bloß zusammen sein.»

«In deinem Schlafzimmer? Mitten in der Nacht?»

«Ich weiß nicht, was passiert wäre.»

«Sollen wir *ihn* fragen? Ja, laß uns zu ihm gehen und ihn fragen.»

«Jetzt bist du grausam, Mischa.»

«Und du bist nicht fair. Mich fragst du aus, aber selber verrätst du nichts. Hast du mit ihm geschlafen? Sag es mir!»

«Das spielt doch keine Rolle, wenn man jemanden liebt.»

«Für mich spielt es sehr wohl eine Rolle. Und für ihn sicherlich auch.»

«Mischa, du sagst, daß du mich liebst.»

«Nein, das sage ich nicht. Ich *habe* dich geliebt.»

«Nun gut, du hast mich geliebt. Jedenfalls weißt du, wie es sich anfühlt. Und ich liebe deinen Vater.»

«Du wiederholst dich. Was soll das hier? Was willst du?»

«Ich möchte, daß du mir hilfst. Dein Vater meint, du weißt, was los ist.»

«Von mir weiß er es nicht.»

«Er weiß es von mir. Ich habe den schrecklichen Fehler gemacht, ihm zu erzählen, was ich im Gästehaus gesagt habe und daß du wahrscheinlich Bescheid weißt.»

«Und wie hat er reagiert?»

«Er war außer sich vor Wut. Er hat gesagt: ‹Wie kannst du so dumm sein?›»

«Und er hat dich geschlagen.»

«Du hast es gesehen? Ja, er hat mich geschlagen, und jetzt spricht er nicht mehr mit mir. Wirst du mir helfen?»

«Womit?»

«Ich möchte, daß du ihm das Gefühl gibst, du hättest keine Ahnung.»

«Soll ich vielleicht zu ihm sagen: ‹Vater, ich weiß nicht, daß du mit Zina schläfst›?»

«Nein. Hör zu! Er ist sich nicht sicher, und wenn du ihn fragst, ganz vorsichtig und ernsthaft: ‹Hast du was mit Zinas Mutter?›, dann wird er denken, du hast keine Ahnung.»

«Damit du weiter mit ihm ins Bett gehen kannst.»

Ihr sonst so heiteres Gesicht war wie von Scham verzerrt. «Willst du mich erpressen?»

«Was meinst du?»

«Du könntest mich dazu bringen, mit dir zu schlafen. Ist es das, was du willst?»

«Das ist nicht, was ich will. Ich will *dich*.»

Einen Moment sah sie mich prüfend an, dann sagte sie: «Weißt du, Mischa, eigentlich bist du eine halbe Frau ... Das meine ich als Kompliment.» Sie trat auf mich zu, um die Arme um mich zu legen. «Wirst du es tun? Für mich?»

Ich machte mich los und ging zurück zur Party.

Sie stellte sich zu ihrer Mutter und Henry. Eine Minute später kam Henry zu mir herüber, faßte mich am Ellenbogen und führte mich zum Strand. «Mischa, Liebling, ich muß mich entschuldigen. Ich habe gelogen, um dich zu schützen.»

«Schon in Ordnung. Ich liebe sie nicht mehr.»

«Bist du sicher?»

«Ganz sicher.»

«Ich rate dir, dich in jemanden zu verlieben, der das genaue Gegenteil von Zina ist, und zwar sofort.»

«Gut. Danke, Henry.»

Ich ging auf die Veranda zurück, aber das war noch nicht alles. Mrs. Mertz nahm mich beiseite. Sie setzte sogar ihre Sonnenbrille ab. «Kannst du den Rat einer alten Schachtel annehmen?»

Ich nickte.

«Jetzt, wo du weißt, was los ist, darfst du nicht die Selbstbeherrschung verlieren. Verstehst du?»

Ich nickte.

«Andernfalls wird das zum Nachteil aller sein, auch zu deinem eigenen.»

«Ich habe ohnehin verloren.»

«Du kannst nicht etwas verlieren, was du nie besessen hast. Aber du kannst deinen Vater verlieren, und er dich.»

«Ist das nicht schon passiert?»

«Ist deine Mutter im Bilde?»

«Sie denkt, Sie seien die gefährliche Frau.»

«Wie schmeichelhaft. Ich werde dir von mir etwas über gefährliche Frauen erzählen. Nehmen wir an, dein Vater und ich hätten etwas miteinander gehabt und wären erwischt worden. Dann hätte deine Mutter vielleicht mitgespielt. Wenn er aber mit einer Zwanzigjährigen erwischt wird, dann wird sie nicht mitspielen. Deine Mutter und ich sind in einem kritischen Alter. Wir sind noch im Geschäft, aber wir wissen nicht, wie lange noch. Wenn eine Frau mittleren Alters mit einer Gleichaltrigen konkurriert, ist das etwas anderes, als wenn sie gegen ein junges Mädchen antreten muß. Willst du, daß deine Eltern zusammenbleiben?»

«Schon.»

«Dann mußt du deine Gefühle im Zaum halten. Meinst du, du könntest das?»

«Ich weiß nicht.»

«Willst du es versuchen?»

«Auch das weiß ich nicht.»

«Du kannst nicht mehr tun, als in deinen Kräften steht, und du schaffst es nur, wenn du es wirklich willst.»

«Ich werd's versuchen», sagte ich.

Vater und Hillyer waren mit dem Fischfang zurück, den Mutter und eine ihrer Helferinnen in der Küche zubereiteten. Plötzlich kam Blackheart von irgendwoher auf Sonya zugerannt, die auf der Terrasse inmitten der Gäste gestanden hatte. In einer Geste des Einverständnisses senkte sie ihr Hinterteil. Er besprang sie. So richtig kann es nicht geklappt haben, denn ihr Schwanz blieb gesenkt, aber Mr. Strangfeld rief auf deutsch: *«Gut gemacht, Schwarzherz!»* Alle verfolgten gebannt Blackhearts Darbietung. Als er schließlich von ihr abließ, erntete er dramatische Seufzer und Bravo-Rufe. Zina, die vor mir und hinter Vater stand, berührte seine Hand. Er zog sie weg.

Außer den Fischen gab es noch jede Menge anderes zu essen. Das Mittagsmahl zog sich bis weit in den Nachmittag, denn ein Abendessen war nicht vorgesehen. Mutter wies jedesmal mit aller Deutlichkeit darauf hin, daß es sich um eine Party an Labor *Day* handelte. Die ersten Weine und Drinks wurden ausgeschenkt. Wer Badesachen dabeihatte, ging im Atlantik schwimmen. Obwohl der Himmel weiterhin klar und die Luft warm war, frischte der Wind vom Meer zu gleichmäßigen fünfzehn Knoten auf. Während ich mich mit Mutter unterhielt, bemerkte ich, daß Zina darauf wartete, noch einmal mit mir zu sprechen.

«Da ist noch etwas, Mischa. Du weißt, daß dein Vater so wütend ist, weil er dich liebt und dir nicht wehtun möchte.»

«Manchmal kommt es mir eher so vor, als haßte er mich.»

«Aber er *liebt* dich, Mischa. Was du in seinem Gesicht geschrieben siehst, sind deine eigenen Gefühle. Wenn du das für mich tust, wenn du ihn davon überzeugst, daß du nichts ahnst, dann hilfst du auch ihm, verstehst du das denn nicht?»

«Und warum sollte ich ihm helfen? Sollte ich nicht lieber

mir selber helfen? Hast du das ernst gemeint vorhin, daß du mit mir schlafen würdest?»

Sie schwieg.

«Ja oder nein?»

«Es war kein Angebot, Mischa.»

«Ich will dich erpressen. War es nun ernst gemeint oder nicht?»

«Ja.»

«Gut, dann tun wir es.»

«Noch bevor du deinen Teil erfüllt hast?»

«Ja.»

«Du traust mir nicht. Du willst die Bezahlung, bevor du lieferst.»

«Wirst du es tun?»

«Wo?»

«Oben. Jetzt.»

«Mischa, das ist nicht dein Ernst. Wir können es doch nicht hier im Haus machen.»

«Dann im Boot.»

«Warte bis heute abend.»

«Nein. Im Boot. Jetzt gleich.»

«Du bist wütend.»

«Ich bin nicht wütend, und ich bin keine halbe Frau. Wirst du es tun? Ja oder nein?»

Sie zögerte so lange, daß ich dachte, sie würde ablehnen. Doch sie sagte: «Gib mir fünf Minuten», und ging zum Gästehaus hinüber.

Zwei oder drei Minuten später kam Hillyer zu mir und sagte: «Sie sind weg.»

«Wer?»

«Zina und dein alter Herr.»

«Das glaube ich nicht.»

«Was heißt hier, glaube ich nicht? Alle anderen sind da, nur die beiden nicht.»

Ich führte ihn zur Küchentür. Drinnen unterhielten sich meine Eltern.

«Na gut, aber wo ist sie?»

«Geh und iß was, Hillyer.»

Ich hatte Zina nicht zum Boot gehen sehen, aber die fünf Minuten waren um. Mutter rief aus der Küche: «Michael, kannst du mit den Drinks helfen?»

«Hat das nicht noch ein bißchen Zeit?»

«Kein Problem, Vater kümmert sich darum.»

Kaum hatte ich den Fuß auf den Sand gesetzt, kam Blackheart vom Atlantik her angerannt. Wo immer ich hinging, da ging auch er hin.

Die Angela schaukelte hin und her. Ich sagte Blackheart, er müsse dableiben. Er wußte genau, wann es mir ernst war, und ließ sich, aufgeregt mit dem Schwanz wedelnd, auf der Kaimauer nieder. Es war, als wollte er sagen: «Jetzt du!» Der Gedanke beschämte mich. Ich wollte mit Zina schlafen, aber irgendwie hatte ich auch die Vorstellung, ich könnte damit ungeschehen machen, was Vater mit Zina getan hatte, so wie Mutter es mit Sandros Kuß getan hatte.

Ich öffnete die Tür zur Kajüte. Zina lag nackt auf dem Rücken. Sie drückte sich auf die eine Seite der Liege und hatte die Hände über der Brust gekreuzt wie ein Leichnam. Ihre Augen waren geschlossen. Ich stand da und wartete, daß sie mich ansehen würde, aber sie rührte sich nicht. Ich zog meine Badehose aus und legte mich neben sie. Als ich die Hand nach ihr ausstreckte, schob sie sie weg. «Tun wir's», sagte sie mit eisiger Stimme. Mir war es egal. Ich stemmte mich hoch, um mich auf sie zu legen, aber sie richtete es so ein, daß wir auf die Seite zu liegen kamen. Die ganze Zeit hielt sie die Augen geschlossen. Noch bevor es vorbei war, wußte ich, daß ich einen furchtbaren Fehler gemacht hatte. Dennoch erfüllte mich eine Süße, die alles andere verdrängte.

Danach wartete ich, daß sie etwas sagen würde, wenigstens meinen Namen. Aber sie tat es nicht. Ich wollte ihr sagen, daß ich sie liebte, doch statt dessen sagte ich, es täte mir leid. Nicht einmal darauf erwiderte sie etwas. Was sie schließlich sagte, war: «Jetzt wirst du ihn fragen, ja?» Ich versprach es.

Am Strand war ein Volleyballspiel im Gange. Zina schloß sich dem Team von Mr. Strangfeld an. Das einzige Zeichen, das an unser Zusammensein erinnerte, war der flehentliche Blick, den sie mir zuwarf. Mrs. Mertz schaute herüber und hob aufmunternd den Daumen, so als wollte sie mich ermahnen, die Kontrolle über meine Gefühle nicht zu verlieren. Hillyer nickte mir wissend zu, Spione unter sich. Er war noch immer auf der Suche nach Indizien.

Was immer Zina für mich empfunden hatte, ich hatte es zerstört. Ich watete ins Wasser und zog die Badehose aus, damit das Salzwasser meinen Körper umfangen und den Fehler wegwaschen konnte.

Gegen fünf zogen von Norden schwere Wolken auf. Einige Gäste waren noch beim Baden. Vater winkte sie an Land zurück. Als Blitz und Regen einsetzten, flüchteten wir uns auf die Veranda. Ich wünschte mir, daß die Party endlich vorbei wäre, und der Sommer auch.

16 Wie man mit den Dingen fertig wird

Um sieben hatte der Regen aufgehört, und die Party löste sich auf. Die Chelsea Hotel war mit ihren Passagieren davongefahren, Mr. Strangfeld hatte die Kanes und die Rugers heimgebracht, Hillyer und die Cuddihys blieben über Nacht. Mr. Walton zog für den Weg in die Stadt eine lange Hose an. Melissa und Ari kamen auch mit. Die Luft war jetzt kühl, der Wind nach wie vor frisch. Vater bediente die Segel, ich das Steuerruder. Mr. Walton fragte, ob jemand ein Seemannslied singen könne. Vater schlug «Row, Row, Row Your Boat» vor. Als Ari am Jachthafen Melissa auf die Kaimauer half, warf sie mir einen tieftraurigen Blick zu. Vielleicht war es ja auch nur das dämmrige Licht.

Vater war mir aus dem Weg gegangen. Jetzt, auf dem Rückweg zum Point, redete er zwar, aber es waren lauter Belanglosigkeiten. Wie ich mit dem Sommer zufrieden gewesen war? Wie er wohl für Mutter verlaufen war? Sollten wir die Mertzens für nächstes Jahr wieder einladen? Freute ich mich auf die Schule? Wußte ich schon, welche Lehrer ich bekommen würde? War Hillyer tatsächlich so ein Frauenheld? So kannte ich Vater nicht. Sonst hielt er sich nicht mit derartigem Gerede auf, nicht einmal mit normaler Unterhaltung, alles was er sagte, hatte einen Hintersinn. Er merkte, daß mir nicht wohl war in meiner Haut. Ich gab einsilbige Antworten und ließ ihn nicht aus dem Auge. Er beobachtete mich mindestens ebenso genau. Auch das war untypisch für ihn. Vater nahm die Dinge sonst im Vorübergehen wahr. Im Mondlicht erschien er mir heute wie ein unruhiger Geist.

Ich beschloß, meinen Teil der Abmachung hinter mich zu bringen. Ich stellte ihm Zinas Frage.

Wir waren auf die offene See hinausgesegelt und hielten nun in südöstlicher Richtung auf die Felsen der Buchtseite zu. Der Wind trieb uns vor sich her, das Wasser machte laute Geräusche. Er bat mich zu wiederholen, was ich gesagt hatte.

«Schwierige Frage. Meinst du nicht, sie würde einem anderen Mitglied der Familie zustehen, Michael? Hatten wir nicht vereinbart, daß die Lippen eines Gentleman versiegelt sind?»

Er war ins Scherzhafte ausgewichen, schien aber den Eindruck entstehen lassen zu wollen, daß die Antwort Ja lautete.

«Michael, du hast in dieser Angelegenheit deine eigene Meinung. Doch du sollst auch meine hören. Ich bin nicht Don Giovanni, ich vernasche keine Frauen. Aber sie tun etwas Wichtiges mit mir. Sie zeigen, wie die Jahre vergehen. Sie sind wie das Schreiben für den Schriftsteller, der Wahlsieg für den Politiker. Sie machen Zeit erinnerungswürdig, bewahren sie davor, daß sie sich einfach in Nichts auflöst. Verstehst du, was ich meine?»

«Ich verstehe den Wortlaut. Aber du sprichst von Sex, nicht von Liebe.»

«Da gibt es keinen wesentlichen Unterschied. Eine ‹erhabene› Erfahrung zählt eher als Liebe, eine weniger intensive eher als Sex.»

«Auf einer Skala von eins bis zehn.»

«Wir reden hier von Gefühlen, Michael, nicht vom Gewichtheben. Letztes Frühjahr war ich bei einer Gartenparty in der

Stadt. Es war ein perfekter Sonntagnachmittag, warm in der Sonne und kühl im Schatten. Jeder hatte ein Glas in der Hand. Da trat ein Mann auf die Frau neben mir zu und sagte: ‹Ich kenne Sie.› ‹Ich war Ihre zweite Frau›, antwortete sie.»

«Waren sie betrunken?»

«Was ich sagen will, ist, daß intensive Erfahrungen manchmal in Gleichgültigkeit enden.»

«Sprichst du von Mrs. Mertz, oder was?»

«Ich spreche von deinem Leben, Michael. Ich spreche von mir, von dir, von jedem.»

«Von mir und Zina?»

«In gewisser Weise, ja.»

«Jeder erzählt mir, wie man mit Dingen fertig wird. Also wirst du vielleicht auch damit fertig werden. Ich habe heute nachmittag mit Zina in diesem Boot hier geschlafen. Auf der Liege ist ein Fleck, der es beweist. Überzeuge dich selbst.»

Vater belegte das Großsegel, so daß das Boot im Wind stand, und erhob sich. Zuerst dachte ich, er würde tatsächlich nachsehen. Dann dachte ich, er würde mich schlagen. Er wirkte riesengroß. Ich riß das Steuerruder herum. Der Großbaum schwang über Deck, langsam zunächst, dann schneller. Vater versuchte, sich zu ducken, aber der Baum schlug ihm gegen den Kopf, so daß er rückwärts über Bord ging und verschwand. Die Angela hielt in scharfem Bogen auf die Felsen zu. Ich hatte die Kontrolle über das Boot verloren und wäre beinahe gekentert. Indem ich die Pinne fahren ließ und nach dem Ende des Großbaums griff, konnte ich die Angela in den Wind drehen und sie wieder stabilisieren. Ich mußte zurück an die Stelle, an der er über Bord gegangen war. Nach Südost und Nordwest kreuzend beschrieb ich eine Acht. Bei der letzten Halse rammte ich die Felsen und riß backbord ein Leck in die Angela. Wasser strömte herein, und sie sank bis zum Schandeck. Im Mondlicht sahen manche Schaumkronen wie Vater aus, dann wieder nicht. Da die Angela aus Holz war, ging sie nicht unter, sondern wurde durch die Ebbe von den Felsen weggezogen. Ich stieg mehr ins Wasser, als daß ich sprang. Die Felsen waren glitschig wie Fische. Zu allem Überfluß mußte ich den Drei-Kanten-Felsen hinaufklettern. Ich verlor den Halt, schlug mit der Stirn auf, schürfte mir die Beine und landete wieder im Wasser. Richtung Norden schwimmend fand ich schließlich eine Stelle, wo ich an Land kam. Die Angela, die halb unter Wasser träge schaukelnd in die See hinausgezogen wurde, glich einem kaputten Spielzeug.

An der Wasseroberfläche war nichts zu sehen außer Schaumkronen. Ich wartete, bis keine Hoffnung mehr bestand. Dann zog ich meine Segelschuhe aus und machte mich in Richtung Strand auf. Der Drei-Kanten-Felsen lag unmittelbar vor mir, und wie beim ersten Mal setzte ich mich rittlings darauf und schob mich vorwärts. Nicht daß ich Angst gehabt hätte, aber ich mußte unbedingt bis nach Hause kommen, um die Küstenwache zu alarmieren. Die Wellen auf der Atlantikseite spritzten bis zu mir herauf. Wahrscheinlich habe ich geweint. Tränen und Salzwasser schmecken gleich.

Den ganzen Weg bis zum Haus rannte ich. Ich riß die Fliegengittertür auf und fand Mutter, Zina, Mrs. Mertz, die Cuddihys und Hillyer. Ich las in ihren Gesichtern, was sie in meinem lasen. Etwas Schlimmes war passiert.

Mr. Cuddihy rief die Küstenwache an und gab mir den Hörer. Alle standen da, um die Einzelheiten zu erfahren. Mutter rieb mir mit einem feuchten Handtuch das Blut von der Stirn. Als ich erzählte, wie der Großbaum über Deck geschwungen war, blickte ich zu Zina auf. Die anderen hörten einfach zu. Ihr aber konnte ich direkt in die Augen schauen, und sie schaute in meine, und sie wußte es.

Nachdem ich der Küstenwache alles erzählt hatte, sah ich mich nach ihr um. Niemand hatte sie gehen sehen. Ich war mir sicher, daß sie zu den Felsen gegangen war, um nach Vater zu suchen.

«Sie wird sich umbringen», sagte Mr. Cuddihy.

Er, Hillyer und ich rannten zum Strand hinunter. Sie war nirgends zu sehen.

«Woher weißt du, daß sie zu den Felsen gegangen ist?» fragte Mr. Cuddihy.

«Ich weiß es», sagte ich.

«Ich auch», sagte Hillyer, und wir drei rannten, so schnell wir konnten. Ich hätte außer Atem sein sollen, aber ich spürte meinen Körper nicht.

Als wir bei den Felsen anlangten, sagte ich den anderen, sie sollten warten. Mr. Cuddihy protestierte, aber Hillyer sagte, es wäre besser so. Sobald ich oben war, sah ich sie mit ausgestreckten Armen über die Klippen balancieren. Der Stein war vom kürzlich gefallenen Regen besonders rutschig. Bei jedem Schritt testete ich meinen Halt. Als ich bei ihr war, nahm ich sie bei der Hand. Ohne Widerstand zu leisten, drehte sie um, und ich führte sie zurück. Keiner von uns sprach, während wir den Strand entlanggingen. Es gab nichts zu sagen.

Mrs. Mertz nahm Zina mit ins Gästehaus. Mrs. Cuddihy klebte einen Verband auf meine Stirn und wischte mir das Blut von den Beinen. Mutter telefonierte mit der Küstenwache. Sie sagte, sie würden die Funkverbindung zu dem Rettungsboot aufrechterhalten, solange sie wollte. Keiner ging ins Bett, und von Morgengrauen bis Mittag suchten Hillyer, Mr. Cuddihy und ich die Strände auf beiden Seiten des Point ab.

Alle waren der Meinung, daß wir in die Stadt zurückkehren sollten. Ich hörte, wie Mr. Cuddihy zu Hillyer sagte, daß Mutter besser nicht hier sein sollte, falls die Leiche angespült würde. Am Nachmittag brachte Mr. Strangfeld die Mertzens zum Zug und uns zu unserem Auto.

17 Beschluß

Das lokale Wochenblatt erschien am Donnerstag. Vater war die Titelstory. Es hieß nicht, daß er tot war, sondern nur, daß die Küstenwache die Suche eingestellt hätte, was auf dasselbe hinauslief. Sein Lebenslauf war eine Art Nachruf: vierundvierzig Jahre alt, geboren 1919 in Neptune, New Jersey, Absolvent der Rutgers University. Nichts, was ich nicht schon gewußt hätte, außer daß Neptune jetzt eine sonderbare Vorbedeutung zu enthalten schien.

Vater wurde nicht gefunden, daher hatten wir auch keine Beerdigung. Einen Monat später rief Mr. Walton an und sagte, er werde am kommenden Sonntag im Gottesdienst über Vater sprechen, ob wir vielleicht kommen und unsere Freunde mitbringen wollten. Mrs. Cuddihy blieb bei Mutter und kümmerte sich um die Einladungen. Es sprach sich herum, und am Sonntag war die «Kirche der Menschenfischer» voll.

Mr. Walton hatte Vater sehr gemocht, und seine Worte waren herzlich und aufrichtig. Er sagte, wie charmant, wie beliebt, bewundert, angesehen und so weiter Vater doch gewesen sei. Er wolle eine kleine Episode erzählen, die zeige, wie großzügig Vater zudem gewesen sei. Es läge einige Jahre zurück, da habe Mrs. Walton, die schöne Elaine, den Plan gehabt, eine zweite Karriere zu beginnen und eine Handelsschule zu besuchen. Vater habe sie zweimal die Woche zu sich ins Büro eingeladen, um ihr Einblick in die Geschäftswelt zu geben. Bei der Erwähnung von Mrs. Walton wurde Mutter neben mir plötzlich ganz starr, und als Mrs. Walton nach dem Gottesdienst zum Kondolieren kam, machte Mutter einen schmalen Mund. Da wußte ich, warum Mrs. Walton ihren Mann nicht zu den Labor-Day-Partys begleitet hatte.

Mrs. Yemm wurde ebenso behandelt, Mrs. Mertz dagegen fand Gnade. Mutter weinte nicht, erst als Zina kam, löste sich etwas in ihr. Sie umarmten sich und brachen beide in Tränen aus. Mutter hatte keine Ahnung von Vater und Zina. Sie hatte Zina gern und erkannte sich in mancher Hinsicht in ihr wieder.

Ich hatte Zina nicht mehr gesehen, seit Vater ertrunken war. Jetzt berührte sie meine Hand und sagte: «Es tut mir leid.» Das waren nahezu die letzten Worte, die wir wechselten. Aber ich liebte Zina wirklich, und man kann nicht bereuen, jemanden geliebt zu haben.

Hillyer war mit ein paar Jungen aus der Schule gekomen. Er winkte mir über die Köpfe der Leute hinweg zu. Er hätte einen besseren Sohn für Vater abgegeben. Sie hätten den gleichen Witz gehabt und wären auf diese Art mit ihren Problemen umgegangen.

Während ich neben Mutter stand und den Beileidsbekundungen zuhörte, wurde mir bewußt, wie schutzlos wir beide jetzt waren. Vater war derjenige gewesen, der sich, im Gegensatz zu uns, auskannte in der Welt. Zwischen all den Freunden in dieser christlichen Kirche waren Mutter und ich allein.

Auf dem Heimweg sagte sie, sie glaube, nicht die Richtige für Vater gewesen zu sein. Er hätte jemand Lebenslustigeren gebraucht. Ich sagte, meiner Meinung nach sei sie genau die Richtige gewesen.

Die Mertzens zogen wieder nach New York. Die anderen

sind, soviel ich weiß, alle noch am Leben, mit Ausnahme von Mr. Cuddihy, Mr. Strangfeld und Blackheart. Mutter und ich wohnten nie wieder in dem Haus auf dem Point. Wir boten es Mr. Strangfeld an, und er lebte darin, bis er vor ein paar Jahren starb. Plangemäß wurde Bone Point von der Regierung übernommen, und wir bekamen eine Entschädigung für das Haus, das heute vom Wetteramt der Vereinigten Staaten genutzt wird. Die anderen Häuser wurden abgerissen.

Im Laufe der Jahre habe ich festgestellt, daß ich Mutter sehr viel ähnlicher bin als Vater. Mutter, Melissa und ich standen auf der einen Seite der Liebe, da, wo es wehtut. Vater, Mrs. Mertz und Hillyer standen auf der anderen. Zina dachte wahrscheinlich, sie gehöre auch auf diese Seite, aber da irrte sie.

Ich bin jetzt älter als Vater bei seinem Tod. Warum ich mich immer noch fühle wie ein Kind, weiß ich nicht.